# 日本史10人の女たち

佐々木和歌子

ウェッジ

# 日本史《にほんし》10人《にん》の女《おんな》たち

佐々木和歌子

ウェッジ

# 目次

260ページからの「人物紹介と解説」では、各章の主人公の略歴紹介と、本文中に＊をつけた語句の解説をしています。

装幀　岡本デザイン室（岡本洋平・柳堀美萌沙）
カバーイラスト　ソウノナホ

# 野の声、森の声

## ―縄文のシャーマン―

然《しか》れども彼《そ》の地《つち》に、多《さわ》に螢火《ほたるび》なす光る神と、蠅声《さばえ》なす邪神《あしきかみ》と有り。復《また》、草木咸能《みなよ》く言語《ものいうこと》有り。

（『日本書紀』神代下）

（しかしその地には、たくさんの螢のように光る神と、五月の蠅のようにうるさく騒ぐ神がいた。また、草も木もあれこれとよく物を言うのだった）

夜がこっくりと降りてきていた。低く土で覆われた家々からほんの少しだけ炉の灯りが漏れて、闇の中にかすかな螢火が明滅しているかのようだ。獣の声だろうか、鳥の寝言だろうか、耳鳴りのように、潮騒《しおさい》のように、森がざわざわと呼吸している。このムラの人々が丹念に育てているくるみや栗の木々も、夜になれば空よりも暗く、私の知らないモノたちを隠し持っている。がさりと音がする方向を見れば、暗がりに光る眼が二つ。私は身構えた。光はすぐにツイと消えて、ほっと肩を下ろす。怖い。でもやっぱり、家に入りたくない。腹が減った。夏の初めで肌寒い。でもくそじじいと顔を合わせるよりはまし。

「そうか、これが反抗期というやつか」

じじいが冷静にそう言ったのも気に入らない。これは反抗期ではない、正義のための戦いだ。

私は家から二十歩ほど先にある古い切り株に座り、生理痛のお腹をかかえて星を睨んでいた。今日は月も出ない夜。暗いなあ。ここに座っている程度では家出にもならないけれど、ここから先、あの灌木の向こうには行けない。あそこはマツリ場と、墓地。夜に行ったら死んだ人たちが酒を飲んで踊っているとか。そんな悪趣味なもの、見る気はない。

すると私の家の入口から、火の粒がふうわりと浮かんで、残光を描きつつ闇の中をこっちに近づいてくる。目をこらすと、炉の燃え木を持つ兄だった。

「チカよ」

私はぷいと背中を向けた。

「毎晩毎晩やめてくれよ。ヘビに噛まれるぞ」

兄はやさしい人だった。

「もう父さん寝てるから入ったら?」

「肉はまだ残ってる?」

「うん、とっておいた」

私はスタスタと家に戻る。家といっても、三千年後のヒトが見たら「穴ぐら」と言うかも知れない。地面を掘って底を平らにして四本の柱を立てたところに、垂木《たるき》で円錐形の屋根を掛けただけ。屋根も土で覆っていたから草も生えてくるし、穴ぐらと言われても反論できない。それでも私はぽっかりと口を開ける黒々とした入口に入っていくとき、母の胎内に戻っていくような、大地のふところに帰るような、やわらかな気持ちになる。入口の板戸を開けると、ぷうんとスープの匂いと、干し草の匂いと、血の臭い。五千年後のヒトなら「臭い」と言うかもしれない。でも私には、これが家の匂い。血の臭いは父さんがひさしぶりに鹿を狩ったせいだ。炉の熾火《おきび》の向こうに、九歳の妹と三歳の弟、そして父がかたまりになって眠っている。炉の脇に大きなお腹の母。夜なべでヒバの繊維を編んでいる。じろりと私を見ると、あごで私の食事を指した。

「そろそろだからね、このお腹も。ストレスかけないでよ」

私が棒に刺した肉を炉にあてて温めなおしていると、母は私の髪をなでた。

「若い髪はいいね、つるつるしてて。きっとヒスイの首飾りもチカには似合うよ」

私はイライラした。

「あたし、カミさまのところには行かないからね。首飾りもいらない。父さんはどうしてあんなこと言うの。あたしはこの家にいたい」

「チカ、今すぐの話じゃない。もう少し大きくなったら……」

「カミさまのところに行ったら、子どもは産めないんでしょう？　あたしはふつうに、母さんみたいでいい」

「チカ、あんたはカミさまに選ばれたんだよ。カミさまのもとでたくさん勉強するの。子どもは産まなくても、ムラの女のお産のときに祈りを捧げる人になるんだ。尊いことだよ」

私はおととい の朝、カミさまという年老いた巫女《みこ》のもとに行かされる話を父から聞いた。このムラにはいくつも小さな集落があって、それぞれに何十という家がある。なのに、どうして十四になったばかりの私にそんな話がくるのだ。

大豆のスープで体が温まると、入口近くの干し草の上に寝転がり、編布《あんぎん》*を引き被ってじっと森の音を聞いていた。私はこのまま親の言いなりになって、気になるムラの男子に背を向け、ヨボヨボの当代カミさまと向き合って暮らすのか。なんて絶望的な人生だ。

しかし待てよ、と目を開けた。そうか、カミさまになったら子どもを産めない、ということは、むしろ子どもを産んだら、カミさまには行かずに済むということか。実に単純なことだ。しかし、具体的にどうすれば子どもが産める？　耳年増の私はセクシャルなこともだいたい理解できていたつもりだが、具体的行動となると、何から始めたらいいのかさっぱりわからなかった。再び目をギュッと閉じて、明日、アッフン姐《ねえ》さんのところに行こう、と考えた。彼女ならそのたぐいのことはよく教えてくれるだろう。三軒東に住むアッフン姐さんの本名は忘れたが、ムラの男たちは「イノシシにやられた向こうずねの傷がセクシー」と言って、彼女のことをそう呼んでいた。夫は丸太舟に乗ってずいぶん遠くまで行ってヒスイやらコハクやらを交易する男で、彼の舟の帆が水平線から見えてくるとムラはにぎわったものだ。しかしここ数年、夫は戻っていなかった。そのためか、アッフン姐さんには他に出入りする男もできたようだった。

翌日、私はふらふらしながら三軒東の土屋根の下から出てきた。そうか、そうでしたか。ハードル高いなあ、出産。まずは婚活、次に妊活……この狭い世間で、どうやって秘密裏にそんなことを進められるというのだ。アッフン姐さんは、

「まあ、マツリが狙い目よね」

と言っていた。いちばん近いマツリは二ヶ月後、お柱の日。


マツリが近づくと、あちこちで新しい土器*や仮面の制作が始まる。自分の家で作ることもあるが、ムラには数人の土器マイスターがいて、その時々の祈りに応じたデザインを発注する。「いやいやこれはカミさまごとだから」と人々は慎みを持ちつつ、そのデザインを激しく競った。どのマイスターを選ぶか、誰をマイスターへと育てるか、人々の関心は小さくなく、「ご注文はお早めに」と営業してくるマイスターもいるけれど、我が家では十七歳の兄がめきめきと腕を上げてきたため、ここ数年は自家製である。今年は母が三年ぶりの出産なので、そこに祈りは集約される。母は十六歳から断続的に子どもを産み続けているが、何人かは七つを超えることができなかった。感染病が主な原因で、なすすべもなかったという。私たちには、祈りしかなかった。

兄は台の上に置かれた大きな壺の前で、右頬に手をあてて、腰をくねりと曲げて苦悶していた。

「なんというか、もっと熱情の中にきらりと洗練されたものがほしいのよね」

土器制作中の兄はなぜか女言葉になる。そして私に植物の繊維を縒《よ》り合わせただけの五センチほどの紐を渡して、ほら、あんたもちょっとやってみなさい、という。私は成形したばかりの壺の下部に紐《ひも》を押し当て、指先でころころとそれを転がすと、美しい縄目が手元から生まれていった。それなのに兄は、

「ちがう！　もっとリズミカルに、力は均等に！」

腰をふりふりリズムを取る兄のマイスター気取りに付き合うのは期間限定ながら面倒くさい。はーいそこまで、と言うので手を止めると、兄は太い爪楊枝くらいの木の軸に独特の結び目のある紐を巻き付けたものを取り出し、「これは素人にはさせられない」と言って、自ら壺の上部にその軸を押しつけ、くねくねと自在に動かし、アヴァンギャルドな文様を描いていく。

「そう、ヘビさんこう来て雷ドカーン、キタコレ、キタキタ」

取り憑かれている……私はそんな兄を茫然として見ている。最終的には口縁《こうえん》に七つの突起がついた壺ができあがった。

「チカちゃん、わかる？　月のしずくを受けたら、水面はこんなふうに跳ね上がるの。それ

で、ここに新しい命が生まれる」

私はその奇怪な壺をじっと見ていた。たしかに壺の中ではどくどくと何かがわだかまって、お柱の日は濃密な気を吐くような想像ができた。私のこの体にも、命の水が注がれますように――私はマツリの日の婚活計画に頭を巡らせた。まずは相手を誰にするか。私より少し年上がいいだろう……上の空の私に、兄はまだしゃべり続けている。

「父さんにまた焼きを頼むことになるんだけど、焼き方がちょっとガサツなのよね。チカちゃんどう思う？　焼きだけ外注したら父さん怒るかしら。噂だとカワベのイメル君が最近いい焼きを見せるって話じゃない？　私の繊細な作品はイメル君じゃないと焼けない気がする。ああいう、顔の作りも繊細な男子がいいわよね。チカちゃん、ちょっと聞いてみてくれる？父さんにはまだ内緒よ」

私の耳には「イメル君は顔の作りが繊細」という部分だけが残った。

翌日、私はそそくさとカワベという集落へ急いだ。途中、父さんの獲った鹿のご相伴にあずかった家々から御礼を言われ、ある家からはニシンを干したものをごっそりいただいた。これからイメル君の家に行くのに、しかも仕立てたばかりの服を着てきたのに、縄でしばったニシンを担いでいくとは……恨めしい気持ちを抱えてカワベに着いた。顔はうろ覚えだったため、大豆畑の雑草を抜いていたおばあさんに声をかけると、イメルならこの頃いつも野焼きに出ている、と集落の向こうの川岸を指さした。たしかに細い煙が上がっている。私は小径をはずれて灌木の群れを漕ぎ、川岸に続く野原に出た。そこに長い棒を持って火の上がる地面をつつく青年の後ろ姿があった。燃える薪の下に、焼き上がりつつある土器があるのだろう。私はニシンを担いだまま長く躊躇していた。幅の広い川がとうとうと流れ、あちこちで仕掛け漁をしている。空はうすく晴れていて、静かだった。パチ、パチ、と薪のはぜる音が聞こえるまでゆっくりと近づいてみると、イメル君はさっと振り向いた。その顔はたしかに繊細な作りで、瞳はわずかに緑がかっていた。アンタだれ？　と表情が語る。

「キノモトのチカといいます。いい天気ですね」

「そう？」

「兄が、土器をあなたに焼いてほしいそうですが、どうでしょうか」

「兄て？」

「アペといいます」

「ああ。よく知ってる」

「ほんとに？　よかった」

「いいよ、焼くよ。御礼はそのニシン？」

私は赤面した。御礼がニシンとはいくら縄文時代でも風情がない。

「いいえいいいえ。御礼は、えーと、マツリの夜に、えーと、ここで渡します」

イメル君は視線を野焼きに移して、ふうん、いいよ、と答えた。私は自分の首尾のよさにうちふるえた。

お柱の日、ふだんは誰も近寄らない夜のマツリ場に、日暮れとともにムラの人々が集まってきた。ところどころに松明が灯されているのに加えて、この日は満月。中天に昇ってくると、六本の「お柱さま」を取り囲むムラの人々の顔もよく見えた。お柱さまのもとには、さまざまな土器がびっしりと並べられている。兄の独創的な壺はひときわ目立っていた。手前には青々とした杉の葉が山のように盛られている。その前にカミさまと称される巫女のばあさまがしずしずと現れると、人々は黙した。続いて三十人ほどの女性たちも現れ、カミさまを取り囲んで座った。カミさまの指示で、一人の中年の女性が松明で杉の葉の山に火をつける。あの女性が次のカミさま候補。彼女の次が私ということか。ああ、煙そう。あんな仕事ごめんこうむりたい。

カミさまのうなり声とともに火の手が高くなっていく。女たちが一斉に声を合わせると、私の心はざわめいた。お柱さまの真上に満月。

「あのお月さんが私たちのお腹に月のものを呼んだり、赤子を呼んでくれるんだよ」

いつかのお柱の日、母は幼かった私にそう教えてくれた。

「お月さんにそっぽ向かれたら、私たちは命を授からなくなる。そしたらムラは空っぽになってしまう。ご先祖さまがこんな居心地のいいムラを作ってくれたっていうのに、空っぽにしてしまったら申し訳ない。さあ、お月さまに手を合わせて、ありがとう、お願いします、と言うんだよ」

つまり、私は「ありがとう、お願いします」を言う人の代表者になる、ということなのだ。でも、どうして私なのだ。命を授かる側にいたいのに。私は女たちの祈りの声が呪いのように聞こえてくる。私はうわああ！　と大声で叫びたくなった。そしてマツリの場から抜け、西に走り出した。幸いの月夜、足下がよく見える。急げ急げ、走れ走れ、イメル君との約束の野原へ。

あの穏やかだった川は月の光を受けてうろこのように細やかに波立ち、大蛇がくねくねと這っているように見えた。マツリの喧噪が遠く遠く聞こえる。祈りの時間が終わったら、あの場で人々は仮面をつけて果実酒を飲んで、この世の人ではなくなる。死んだご先祖さまになって、朝まで笑って騒ぐのだ。日の出まで、死者の時間は続く。

私は川を見下ろす槻《つき》の木の下で膝を抱えていた。きっとイメル君は約束なんか忘れて、仲間たちとマツリ場で騒いでいるのだろう。私はひとり、ここで人間のまま。

だいぶ月が傾いた頃、暗闇からとつぜん男の声がした。

「ほんとにいた。びっくり」

私は肩がびくんと動いて振り向いた。仮面を頭の上に載せたイメル君が、腕を組んで背後に立っていた。月光を片側から受けて深い陰影をたたえるその顔は、ムラの人間には見えなかった。彼は遠い国からの来訪者ではないだろうか。

「で、御礼は？」

イメル君のその言葉に私は立ち上がった。練習していたセリフを私は絞り出した。

「あたし、どうしても子どもがほしいんです。ちょっと急いでいるんです。だから」

言い終わらないうちに、抱き寄せられて濃密な接吻を受けた。酒の匂いでくらくらした。

「まあ、マツリが狙い目よね」

私は心の中でカミさまよりアッフン姐さんに手を合わせていた。


それから二年、私とイメル君は密会を重ねた。それは若い二人の情熱のほとばしり……というより、私がこっそり誘えば、ふうん、いいよ、と言ってイメル君が気だるげに応じるだけで、熱烈に好かれているという実感はなかった。私はカミさま行きの話が進むことに以前よりもおびえていた。カミさまに行くことより、イメル君に会えなくなることを何より恐れているのだろう。肝心の赤子はなかなかお腹にやってこなかった。

その日もムラはずれの廃屋の中で、だらだらと二人は会っていた。この家の老人が死んだためにまもなく焼き送りになる家で、ともに燃やす遺品やガラクタが置かれていたが、私たちは別に怖くはなかった。言葉の少ないイメル君は、兄の話をするときだけは多弁になった。

「アペさんの作品はデザインだけじゃないんだ。どんなふうに焼いても文様が立ち上がってくる。焼き終わって薪の灰をよけると、オレはいつも鳥肌が立つんだ。女の股のあいだから赤子が出てくるみたいに、灰の中から命が飛び出してくるんだよ」

私は裸のまま寝転んで、じっとイメル君の話を聞いていた。そしてイメル君は出産を見たことがあるのかしら、とぼんやり考えていた。私はイメル君と結ばれたマツリの夜を思い出していた。朝露でじっとりと濡れた服に困惑しながら明け方家に帰ると、母が出産していた。マツリの最中に産気づいて、明け方に女の子が生まれたという。私はくそじじいにこっぴどく叱られた。手伝いもしないでほっつき歩いて、カミさまになる自覚を持てバカ娘、と向こう三軒両隣にも聞こえるほどの声で怒鳴られた。それでも叱責は長くはなかった。祈りのさなかに生まれたのだから、この赤子はきっとすくすく育つに違いないと父は確信していて、その歓びを隠せなかったようだ。

しかし生まれた赤子は二歳になっても立つことがなかった。さすがに焦った父はレラと名付けられた私の妹をカミさまのところに連れていって見てもらった。

「死ぬことはないが、足はしびれたまま、歩くことはないだろう。ムラで何人か、こういうややこがいる」

カミさまの言葉に、父も母も泣いた。かわいそうに、かわいそうに、と愛くるしいレラのやわらかなほっぺや髪を撫でた。するとカミさまは一喝した。

「バカもの、かわいそうとは何事だ。この子はうさぎか？　鹿か？　オオカミか？　違うだろう、ヒトだろう。獣だったら、立てなかったら死ぬだけだ。ヒトは違う。立てなくても、おまえたちが抱っこして、食べさせて、笑いかけて、高い山も広い海も見せてあげられる。おまえたちが死んでも、兄弟だって、他人だって、この子の足になってあげるだろう。そこが、ヒトと獣の違うところだ。弱い者だって生きられるのがヒトなんだ。そのためにムラがあるんだ」

目をつり上げて怒っていたカミさまは、レラの小さな手を握って、今度はにたりと笑った。

「よしよし、マツリの夜に生まれたのだから、ちゃんとおのれの命も全うできる、幸せな子だね」

私はこの様子を聞いて、カミさまへの見方が少し変わった。ただ目に見えないモノへ祈りを捧げるだけではなく、いま生きている人々に安心を与える人なのだ、と。ますます、私にはこんなことできないと思った。私はあいかわらず自分のことばかり考えていた。


十八になった正月、私は正式にカミさまに入ることを告げられた。しかし私のお腹にはイメル君の子どもがやってきていた。もう隠せないほどお腹が膨らんでいたので、どうしようかと言うときに父から支度をするように言われたのである。私は正直にお腹のことを言った。言ったとたんにくそじじいに頬を張られて一メートルくらい飛んだ。何を言われたのか、があがあがあという声にしか聞こえなかった。母が泣きながら止めに入ったけれど、お腹の子の危険を感じて私は家を飛び出た。漆黒の夜だった。だけど遠く西の空が赤く染まっていて、その明るさにすがるように私は小走りで西に向かってみた。火は、私とイメル君が会っていた廃屋が焼き送りされる火だった。

これでいったん終わり。私の娘時代もこの火とともにあの世にいった。私はお腹の子といっしょに、大人として生きることになる。

お腹を膨らませた私に、イメル君の親は眉をひそめた。違う縁談を進めていたようだった。それでも首をふりふり二人のための小さな家をカワべの集落に用意してくれた。広いムラだったため、マツリや大漁のとき、大きな土木工事があるとき以外は、私の家族とはバタリとでも会うことはなかった。兄だけはイメル君を訪ねてくるついでに、私に親や兄弟たちの様子を教えてくれた。大きなお腹を抱えた私は、水くみでも木の実のあく抜き作業でも畑仕事でも、娘時代はこっそりさぼっていたことをなんでもやった。イメル君は狩猟に出たり、海に潜った。少しがんばれば、少し楽になる。ちょっと蓄えがあれば、日々安心して眠れる。

数年前の飢饉を私は忘れていない。台風で山が荒れて海から魚介類が消えたことがある。夏が寒くてマメもゴボウもヒエも採れない年があった。天井の吊るし棚に上げてあった保存食を出し合って、ムラはなんとか生き抜いた。大人も赤子も痩せた。生まれてくる我が子に、あんな思いはさせたくない。

どんな子が生まれるのだろう。私はどんな経験をするのだろう。私は母がそうしていたように、炉の灯りで赤子の服を編みながら月の満ちるのを待った。夏の終わりごろ、水場に水くみに出かけようと入口を出たとたん、ぎゅうとお腹が張った。いつもの張りと違う。あいたたたた。キタコレ、キタキタ！

「う、う、うまれるー」

言ってみたかったセリフを思いっきり叫んだ。家の中で弓矢を整えていたイメル君が板戸を開けて、おっ、と笑った。そして何も言わず東へ走っていった。産婆を呼びに行ったのだろう。しかし、干し草の上で陣痛に耐えていた私の手を最初に握ったのは、半年ぶりの母だった。イメル君は母に知らせたその足で、産婆のもとに行ったという。私はぐしゃぐしゃに泣いた。痛い痛い、と母にしがみつく私は娘に戻っていた。

初産のせいか、長い長い陣痛だった。死ぬなこりゃ、と思った。

「まだいきむんじゃないよ、まだだよ」

産婆のこの言葉を何度聞いたことか。いやだ、もういきみたい。まだダメダメ。何度も同じやりとりをした。明け方、私の股をのぞき込んだ産婆が、よし次に波が来たらいきんでいいよ、と言ったとき、私の体力はほとんど残っていなかった。

「もうほら、頭が見えてるよ、早く出たがってるよ」

産婆のその言葉で私は奮起した。早く会いたいのは私だ。天井から吊るした紐につかまってしゃがみ、私はいきんだ。するとそばにいた母が、

「やみくもにいきんでもダメだよ。波に息を合わせるの」

と言う。私は海の波を想像した。遠くの波が近づいてきて、岩に当たる瞬間に、う——んといきんだ。そのときするっとつっかえていたものが落ちたかと思うと、ふぎゃあ、と声がした。足下を見ると、赤黒い……何これ、これが赤子？

「おや、女の子だね。かわいいこと」

産婆は抱き上げてにっこりと笑い、母はぼとぼとと涙を落としていた。母も、祖母も、祖母の母も、その母も、その母も、ずっとずっと、こんなに痛くてつらくて、こんなに心のむずがゆい経験をしてきたのだ。そして命と、産む知恵を、連綿とつないできたのか。


私とイメル君の赤子には、ノンノと名付けた。小さくて柔らかい体を抱き寄せてお乳をあげているとき、こんなに弱い存在が、私のような半人前の気持ちひとつに委ねられていることに恐怖すら覚えた。「育児もうやーめた」とは言えない。だってこれは、ひとつの命だもの。私が自由にできる所有物ではない、ムラに生まれた大切な命だもの。

ノンノが一歳になった日、母が一塊の粘土を持ってきて、

「一歳になったら一段階クリア、って感じだからね。記念にノンノの手形をとろう。あんたのもレラのも、みんなのも取ってあるんだよ」

そう言って、粘土をやわらかくこねて小判形に形を整えると、私に渡した。ひやりとした粘土を片手に持つと、新芽のように柔らかいノンノの手をグイ、と押しつけた。それをイメル君に上手に焼いてもらい、家の奥の小さな祭壇に置いて、ノンノの日々の無事を祈ることにした。

その年の秋も深まってきたころ、朝起きて私はいつものように水くみに出た。イメル君は未明に海に出ていて、ノンノはまだこんこんと眠っている。彼女にそっと毛皮を掛け直して入口から出ると、東の山の端から朝日が昇り始めていた。水場は歩いて三分ほど、山のふもとの水の涌き出るところを木材で囲って水をため込み、簡単な井戸にしてある。朝日を受けて黄金のように光を放つ水を甕《かめ》にすくおうとしたところ、足下がぐらりと揺れた。めまいかと思ったが、井戸の守り神を祀る大木がわっさわっさと左右に揺れている。地震だ。

私は甕を放りだして、家に向かって一目散に走った。ノンノ、ノンノ、とバカみたいに叫びながら走った。そして目に映った光景に、私は悲鳴をあげた。土屋根がぼこりと落ち込んで、入口はつぶされていた。頭がおかしくなりそうだった。外に立てかけてあった木製のクワをつかむと、家の木材を掻《か》いた。声も出ない、涙も出ない、ただすべての力をクワに託し

た。心のどこかで、もう無理だ、生きている状況ではない、と判断していたが、それでも掻いた。また強い余震が来て、私は尻もちをついた。ここでやっと涙が出た。行き場のない怒りでめまいがした。

そのとき、つぶれた家の中から猫の鳴き声のようなものが聞こえた。耳を澄ませると、「あー」と聞こえる。私はがむしゃらに素手で木材をどけた。土をどけた。はかどらない。

「だれか！　だれか！」

半狂乱で叫ぶと、近所の男たちが寄ってきて、何も聞かず何も言わず、他の木をてこにして中に落ち込んだ垂木を次々と起こしていく。すると、天井に吊るしていたどんぐりの保存用の籠がひっくり返っているのが見えて、それがもぞもぞと動いた。手伝っていた隣家の長男がその籠をとると、ノンノが大きい目をくるりとさせてこちらを見ていた。

「大丈夫か」

背中でイメル君の声がした。私はひざから崩れ落ちて、うあああんと大声で泣いた。家族が、生きている。私も生きている。抱きしめたノンノの体のぬくもり、私を抱きしめるイメル君の手のぬくもりに、私は奇跡という言葉では済まされない、目にすることも言葉にすることもできない、人の運命を支配するような強い力を感じた。

助けてくれた隣家の長男に御礼を言うと、

「うちのばあさんもつぶれた家の中にいたんだけど、日頃からばあさんに、若い人から助けろ、って言われていたんだ。ばあさん助けてノンノが死んだら、どれだけ怒られるか」

この地震で、ムラでは百人以上死んだという。津波はムラの近くまで押し寄せ、すでに帰路についていたイメル君は高い木によじ登って難を逃れたが、沖で漁をしていた人々は帰ってこなかった。私が生きていた中ではもっとも大きな災害だった。墓所には土坑《どこう》が次々掘られ、遺体は膝を抱える姿勢で埋葬されていった。カミさまは墓所に簡単な小屋を作らせ、白髪頭に鳥の羽根を刺したはちまきをして、連日祈りを捧げ続けた。次期カミさまの女性も寄り添っていた。

「チカちゃんよかったね」

とムラの人に言われるたびに、私には違和感が残った。たしかに私は家族全員が助かり、ラッキーだと思う。なのに、この心の底にこびりついた居心地の悪さはなんだろう。カミさまに聞いたらてっとり早いかな、と思い、ノンノを実家に預け、墓所のカミさまの小屋に入った。カミさまはちらりと私を見たけれど、何も言わず祈りを捧げ続けていた。次期候補はちょっとほほえんで、やはりぶつぶつと祈り続けた。私はほぼ一日、小屋の中にいた。不思議と腹は減らなかった。夜になって墓所にヒトの出入りはなくなり、松明のわずかな灯りだけだったが、特に怖いこともなかった。私は膝を抱えていたが、カミさまのまねをして、抱えていた膝をすこし開いて、両ひじを両膝にのせて、指を組んで合掌する。この格好、どこかで見たことあるな、と思ったら、実家の祭壇に祀っている土の人形ではないか。そうか、あれはカミさまの姿だったのか。

こうしていれば自分の心が、どんどん鎮まっていくのがわかった。いつもは「やらなければならないこと」で頭の中はめまぐるしかったのに、そんな雑音が体の底に沈殿してわだかまり、頭は澄みきっていく感じ。

夜も深まった。起きているのか寝ているのかわからない意識の境目にあったころ、耳をくすぐるような声がざわざわと聞こえてきた。風は吹いていない。気配がざわつくのである。そこに、ずるり、ずるり、と地面がこすれるような音が近づいてきた。かすかな振動が私の体を通り抜ける。ずるり、ずるり。その響きは私たちの前で止んだ。

「おまえがこのたびの地震を起こした大蛇か。見逃したことだ」

そう話すカミさまが見据える先には、闇しかなかった。

「ここにおまえをマツることを約束しよう。この先千年、ムラに悪さをしてくれるな」

しばしの静寂があった。ずるり、ずるり。その音は少しずつ遠ざかっていった。

「チカよ」

カミさまが背後に座る私に呼びかけた。

「今の音がおまえには聞こえたな」

「はい」

「子を産んだっていい。おまえはマツる側の人間だ」

「はい」

私は素直に頷《うなず》いた。するとカミさまは私に振り返って、にやりと笑った。

「実はわたしも二人産んでる。内緒だが」


三十六歳になった私は、頭に羽根飾りをつけ、ヒスイの首飾りをかけ、腕には赤漆のブレスレットを幾重も巻き、お柱さまに祈りを捧げていた。木々は歌い、草が笑い、星々が語る。マツられた何十という壺に月のしずくがぽとりぽとりと音をたてて落ちた。これがマツリの夜のにぎわいだ。

振り向くと、おびただしいムラ人たちが黒い塊となって私を見ている。目が、キラキラと輝いている。その上には、にぎやかな漆黒の夜。私はつぶやいた。

「この平穏の闇が、さらに一万年つづきますように」

# 女王と呼ばないで

台与《とよ》

更立男王　國中不服　更相誅殺　當時殺千餘人
復立卑彌呼宗女　壹與年十三爲王　國中遂定
（『魏志倭人伝』）

（次に男王が立つがクニ中が従わず、殺し合いが起こって当時千人も殺された。その後、ヒミコの宗女でトヨという十三歳の少女が王となったら、クニ中が治まった）

もう走れない。息があがって吐きそうだ。でも立ち止まったら、すぐに連れていかれる。たぶん殺されはしないけれど、行先は敵地だ。ムラの人々はみんな私をミコさまミコさまと、あたかも神のように崇拝していたけれど、本当の巫女ならこんなピンチのときは超能力でも発揮するはずだ。消えてみたり、飛んでみたり。それなのに私は汗かいて足を引きずって泣いている。ただの人間ではないか。敵はムラの巫女を狙っている。そうか、私は巫女ではない、あなたたち勘違いしてますよ、と立ち止まって叫んでみよう。「なあんだ」と敵は去るかも。私は思い切って立ち止まり、親睦の証《あか》しとして半笑いを作り、振り向いた。

「あのー」

おそろしい形相の男たちが十人ほど、鎧をがちゃがちゃと鳴らし砂塵を巻き上げて走ってくる。だめだ、すごく怖い。やはり逃げよう。私は道を逸《そ》れてクヌギの生える山中に逃げ込んだ。歩きにくいけれど、この山は巨岩があちこちに顔を出しているので隠れやすい。岩と岩の境目にぽっかり黒い穴があいていたので、私はそこに滑り込んで、息を止めた。肩が大きく上下している。苦しい。ドタドタと敵兵が走っていく音が聞こえた。ほっと息をついたが、当分一帯の捜索は続くだろう。腹が減った。喉《のど》が渇いた。

暗がりに目が慣れて、わずかに入る日の光で中の様子が見えてきた。穴の入口は狭かったが、中はがらんと空洞で、ぽつーん、ぽつーんと水のしたたる音が響く。そこで私はギョッとした。奥に、木製の箱がいくつも並べられている。ここ、墓だ。大きいのやら小さいのやら、腐って崩れかけている木の箱は、棺《ひつぎ》だ。敵兵も怖いけど、これはこれで、ものすごく怖い。私は棺の群れから一番遠い入口近くに座っていた。春先のことで、穴の内はひんやりとしていた。息も落ち着いてくると、私は涙をこぼした。膝を抱えて、思いっきり泣いた。私のムラは燃えていた。男たちはみないくさにとられていて、女と子どもと年寄りしかいないムラに、他のクニの者とおぼしき武装集団が二十人ほど襲撃してきた。ムラに巡らされた深い濠も丸木を架《か》けてなんなく渡り、

「巫女を出せ」

と兵士の一人が叫んだ。そのとき私がハイ、と手を挙げれば、ムラは焼かれることはなかった。どうして私は逃げたのだろう。理由は単純、二十歳になったばかりの私は兵士たちが怖

かった。私は騒ぎに乗じて神殿の背後に走っていた。ここにはいざというときに神の依り代《よしろ》を持って逃げるために掘られた地下通路があった。これは正当な行為である、と私は信じて依り代をふところに入れ、石のふたを開けて通路に潜り込んだ。暗く狭い道を、私は這って進んだ。しばし中で待機してみたが、閉所恐怖症の私はがまんできず先に進み、ムラの境界にある出口から顔を出したところ、敵の兵士とばっちり目が合ったのである。兵士たちの背後に見えるムラはもうもうと煙をあげ、悲鳴も聞こえた。私は、自分がムラを犠牲にしたことを知った。

「ムラを守るのが巫女？　依り代を守るのが巫女？」

私は穴の中で煩悶した。膝に頭を何度もぶつけて泣いた。こうやって自分だけ生き残って依り代を守ったからと言って、どこに帰るのだろう。私の「守るべき」ムラはもうないというのに。

「だれ？」

そのとき、棺の後ろでガタリと音がした。私は息を呑んだ。まさか棺の死者が。まさか。

喉の奥で小さく問うと、木棺群の後ろから男が立ち上がった。

「きゃあ」

完全に私はゾンビかと思った。額から大量の血を流していたのである。男は、

「私の方が先客なんです」

ぼそりと言った。すると入口の光が一段と明るく差し込んで、男を浮かび上がらせた。兵士である。が、鎧がさっきの敵兵とは違う。私のムラの兵士でもない。私を攻撃する気配はなかった。

「あの、とりあえず血をふいてください」

と言うと、

「ああ、これ、額の傷って、見た目ほど痛くないんだよね」

と言って、袖でごしごしこすったら、思いがけず色白の顔が現れた。たたずまいといい、鎧のデザインのゴテゴテ感といい、かり出された農民兵ではないな、と思った。男は、真剣白刃取りを失敗しちゃって、と苦笑いしながら、

「あなたも追われているんですか」

と木棺の後ろからがちゃがちゃと鎧を鳴らして出てきた。棺を背もたれにして座ると、

「いやですねえ、いくさ」

私はその言葉を無視して、食べ物ないですか、と聞いたら、ありますよ、と腰の竹筒から煎った豆をくれた。でもこんなパサパサしたもの食べたら喉渇きますね、と言ったら、あ、これもどうぞ、と、一回り大きな竹筒をくれた。水が入っている。私は歓喜した。けれど、御礼に何を求められるか知れたものではないと、いつでも逃げられるように入口を陣取り、大豆をむさぼり食べた。

「おや、あなた巫女ですか」

私はまたギョッとした。すっとんきょうな声で「ちがいます」と言ったけれど、彼の視線が私のヒスイの首飾りにあることに気づき、観念した。

「そうです、すぐそこの小さなムラの巫女。しかも、なんの能力もない。父は戦死、母は病で死んで、みなしごになった私を先代の巫女が拾ってくれただけ」

私はやさぐれて言った。腹がすこし満たされたので、私はベラベラとしゃべり出した。

「なんの能力もない巫女がどうして狙われるのだろう。たしかに大きなクニに仕える巫女は神の声が聞こえるって言うけれど、こんな粟粒みたいな小さなムラの、ずるずるで巫女になった私なんか捕らえてもなんの役にもたたないのに」

男は黙って聞いていた。

「もう、こんな小さなムラなんか放っておいてほしい。昔昔、大昔は、いくさなんてなかったって聞いた。ムラを巡らす濠がなくたって、誰も攻めてこなかったって。みんなで収穫して、みんなで分け合って、誰かが死んだらみんなで泣いて送ったって。なのに、今は食べ物も取り合って、人同士が殺しあって。もしかしたら神さまは遠くに行ってしまったのかも。私に神をおろす力がないのも、そもそも神さまがいないからかもしれない」

しくしく。泣き声。え、私？　ちがう。男が泣いている。

「神がいないなら、人間が治める。徳の高いまつりごとをする。それが理想なのに、このざまでです。和平を求めれば求めるほど、戦いが起きる。人間とはなんて無力なんだろう」

　この人、なんてピュアな。

「あなた、名前なんというの」

「名乗るほどのものではないです、一介の負傷兵です。しくしく」

「ふうん。私はヒミコ。よろしく」

　ひ、み、こ、と男はゆっくり反芻したので、

「ああ違う違う、本名は違うの。でも巫女になれば必ずヒミコを名乗るシステム」

　そうですか、と男は力なく言った。しばらく沈黙が続いた。あなたはどこのクニの兵士ですが、と聞こうとしたけれど、敵じゃないならいいや——私はとにかく疲れていた。この人には別に身構える必要もないだろう。私はいつのまにか眠っていた。


　肌寒さで目が覚めた。血まみれの男はいなかった。あわててふところに入れてある依り代をまさぐると、ずしりと重みのある、銅鏡。あった、盗まれていなかった。だいぶ青みがかってきて、もう私の顔もぼんやりとしか映さない。ここに神が降りるというけれど、見たことも感じたこともなかった。

　途方にくれたまま、夜が二回きて、三回目の朝を迎えたとき、飢え死にするくらいなら、

敵兵に捕まった方がましかも、と思い始めていた。まあ、ここで死んでもいいか、都合よく墓場だし、と思いつめたとき、男が帰ってきた。男は鎧を脱いで、身ぎれいになっている。

「遅くなりました、これどうぞ」

と言って、笹の葉に包んだ干し肉をくれた。見捨てずにいてくれた。

「あなた、ヒミコさん、クナ国に狙われていたようです」

男は淡々と語り出した。

「あなたの住むナカ村の巫女の能力はクニ中に響き渡っています。その能力が狙われたのです」

「それはないわ。この前も言ったけれど、私はひとっつも能力がないの。誰がそんな……あ」

私はぽかんと口を開けた。

「おばばさまのことでしょう！　前の巫女よ。たしかに死んだ人の口寄せもどんどんしていたし、占いもズバズバ当てた」

男は、はて、という顔をした。

「おばばさまは先月亡くなったわ。イモを喉に詰まらせて。自分のことは予知できなかったのかしら。それで、まだ修業を終えてない私が急遽担ぎ出されて……」

男は笑いをかみしめながら私を見た。

「わかりました。でもあなたは銅鏡をたしかに持っています」

こいつ、寝ている私の胸元を見たな。

「あなたのふところのそれは、すでに滅びた後漢《ごかん》よりもたらされた銅鏡。先々代のイト国の巫女が各地の力ある巫女に贈ったものにまちがいありません」

外からピイ、と指笛の音がした。

「おや、意外に早かった。さあ、ヒミコさま、行きましょう」

と男は私に手を差し伸べた。

「どこへ？　というか、あなたそろそろ名乗りなさいよ」

男は、あ、忘れてました、と言って、

「私はイト国の大人《たいじん》、スサビコといいます。あなたを我がクニにお連れします」

スサビコは私の手をやや強引にとって外に押し出した。急な外光に一瞬目がくらみ、ゆっくりと目を開けると——数百人もの男たちが、この小さな穴を取り囲んでいた。武装はしているが敵兵ではない。一人の中年の男が前に出て、両手をついて臥した。

「ああ、天を照らす日のミコさま。よくぞお出になられた。暗黒の世界に、これで光がさしました」

兵士たちはみな恍惚とした表情で私を見つめていた。悪い気はしなかったが、事態がまったく飲み込めなかった。背後でスサビコが言った。

「ヒミコさま、あなたを王として迎えましょう。私たちイト国と周辺の連合国は、力ある巫女を共に立てて新たなクニを作り、堅牢な国家ヤマトを作ろうと誓いました。しかし連合国のうちの誰かが王にたてば、そのクニが優先される。だから、どこにも属さない人間を王に立て、いくさでなく、祈りと外交で強いクニを作ろうと」

私はまじまじとスサビコの顔を見た。

「ところが敵対するクナ国は間諜《かんちょう》をたてて私たちの企てを知り、先回りをしてナカ村の巫女争奪に乗り出したのです。あなたを探しに来た私たちはクナの兵と村境でいくさになり、私は傷を負ってこの穴に逃げこみました。そして偶然入ってきたあなたが、巫女だという。私はナカ村の巫女は老婆だと聞いていたのに、あなたはとても若い。村をまちがえちゃったと思いましたが、すみません、ふところにある銅鏡を見ました。まちがいなくあなたはナカ村の巫女です。超能力で若さを保っているのかと」

だれが老婆だ。何が超能力だ。

「それで私はイトに走りました。私一人では敵兵の目を盗んで連れて行くことはできないと思いましたから」

私はちょっと態度を改め、威厳をこめて言った。

「よくわかりました。でもお伝えしたとおり、私は正式な巫女でなく、お目当てのおばばさまは亡くなりました。ご希望には応えられません」

「ヒミコさま、このやりとりは誰にも聞こえていません。あなたはここでのたれ死にますか。それとも力ある巫女として連合国に招かれますか」

スサビコは焦っている。丁寧だが、目に涙がにじんで、凄味があった。この人は和平を願って泣いていた男である。私は逡巡した。扇の要となるはずのおばばさまが死んだことが知られれば、連合国の連携すら危うくなるだろう。

私は正面を向いて、兵士たちを堂々と見下ろした。どうせ死ぬなら大きな世界を見てみよう、そう思ったのである。

以上が私の母ヒミコが死の床で語った、女王となるまでのできごとである。大小三十国を束ねるヤマト連合国の女王となった母は「神秘的なイメージを醸したいから」といって城柵の巡らされた楼閣の宮室からめったに出ることがなかった。実際のところは、あまり若い姿を見せない方がよいという中枢の判断だろう。美しい侍女たちに囲まれ、宮室の中に入ることができる男性はスサビコだけだったという。彼がヒミコの声を大人たちに伝え、彼がクニの情報をヒミコの耳に入れた。対外的にはスサビコは弟ということにしてあるが、現実にはスサビコは母の夫であり、私が生まれている。母が対外的に「独身」とされているのは、神の嫁という演出であると同時に、夫に実権が移ることはない、というアピールもあった。秘密裏に生まれた私はスサビコの家で育てられ、長く母の顔を知らなかった。母が死の床についたとき、はじめて私は母の顔を見た。

「美しく育ったわねえ」

と私の頬をなでた母は、まだ十分若かった。

「こんなに早く死ぬとは思わなかったけど、楽しい人生でした」

寝台に寝そべって母はニコニコ笑っている。

「トヨ。あなたは私が生んだ、ただ一人の子。私が死んだら、もう堂々と生きてね。王になる話なんかが来ても断りなさい。好きな男と添い遂げてね」

そして母は、それじゃあ、またいつか、と息を引き取った。父のスサビコはしくしく泣いていた。私はぼんやりしていた。いきなり母と告げられ、いきなり死なれても。

父は母の亡骸を前に、少しずつ王としての母の業績を語り始めた。

「ヒミコさまが女王となってから、ほんとうによくヤマトはまとまった。クナとのいくさは続いていたけれど、ヒミコさまに祭祀、外交、軍事、鉄の管理が集約されると、連合国はひとつの国として機能し始めたんだ」

しくしく泣いていた父の顔が、次第に政治家になっていく。

「ヤマトとクナ、その他、この倭《わ》という国土におけるいくさの主な原因は鉄だよ、トヨ。青銅に代わる鉄は、武器だけでなく産業にも不可欠であるのに、まだ我が国では自給できず、海の向こうの国から交易で得るしかない。ヤマト連合国が正式な国家として認められれば、正当な交易ルートができあがり、鉄はたやすく手に入ることになる。統一国家の象徴として、ヒミコさまが必要だった」

本当の母は、巫女として神秘の力を発揮することなどなかった。父や、その他ヤマト連合国の大人たちが次々と政策を考え、最終的に母にお伺いをたてると、母は御簾の奥で「オッケー、占いでもいい感じ」と太鼓判を押す。すると人々は安心して政策を推し進めた。クナとのいくさが始まると母は寝ずに戦勝を祈願し、人々は安心して戦地に赴いた。つまり、母ヒミコは国の士気を上げる人だった。

でもひとつ合点がいかないことがあった。ヤマト連合国は魏《ぎ》の支配下にある公孫氏《こうそんし》*と外交関係を結んでいたそうだが、公孫氏が魏に滅ぼされると、すぐにヤマトは魏に使いを出した。朝貢——魏に従属する立場として貢ぎ物を捧げるものだった。

「ヤマトは立派な国になったのに、どうしてまだ魏にへこへこ頭を下げるの？」

父に聞くと、

「立派ねえ。立派じゃないよ、トヨ。この倭で言ったら、ヤマトの支配はまだ一部だし、まだクナともいくさをしている。しかもヒミコさまが亡くなると、すぐ後継者でもめる始末だ。

こんなフニャフニャな状態を、立派な国家と言えるかい？」

父の顔は曇った。

「魏から親魏倭王《しんぎわおう》の金印をいただき、銅鏡百枚を賜って、大国の後見をもらわないと――つまり権威を借りてこないと、いつどこで反乱が起きるかわからない状態なんだよ。ヤマトはまだまだ、赤ちゃんの国だ」


母の墓は偉大だった。「墓も葬式もいらない」という遺言は守られず、葺き石で覆われた山のような墓は「夜は神さまが作った」と言われるほど迅速に、そして壮麗にできあがった。都の外からやってきた者へ王の大いなる権威を伝えるためだろう。

母が埋葬されると、私はヤマトの都を流れるアナシ川で、水浴びをする態で、ひそかに体を浄めた。それがせめてもの弔いの儀式だった。私は今年十三歳。胸もわずかに膨らみ、初潮を迎えた。女王ヒミコの娘であるけれど、それは秘されている。私はどういう存在なのだろう。大人スサビコの一人の娘として、誰かのお嫁さんになるのだろうか。

「トヨさま！」

その声に私はさっと立ち上がった。見張りとして立てていた侍女が血相を変えて叫んでいた。

「宮殿が燃えています」

私は川を飛び出すと、濡れたまま衣をまとい、侍女が止めるにもかかわらず燃える宮殿を目指した。父が心配だった。人々が逃げる方向と逆に走っていると、私の腕をグイとつかむ人がいる。ヤマトの大人、ヤザクである。

「トヨさま、危ない、どこへ行かれる」

ヤザクは私の腕を強くつかんで、みんなが逃げる方向に走った。

「痛い痛い、離してよ」

ヤザクは決して離さなかった。

「あなたに死なれては困る」

私たちは都からだいぶ離れた農家の穴ぐらのような家に入り込んだ。中はがらんとして誰もいない。いくさと知って逃げたのだろう。土の床の家はじっとりと温かかった。ヤザクは入口で外の様子を見たあと、戸を閉めて私に言った。

「しっかり聞いてください、トヨさま。スサビコさまは敵に討たれました」

私はへたり込んだ。

「敵兵の姿を見ましたか。クナではない。ヤマト連合国の数ヶ国の兵でした」

ということは、父は味方にやられたというのか。

「次期王が決まらないあいだ、暫定的にですが、ヒミコさまの宮室に出入りされていたスサビコさまが王位に就くことが決まったのです。それが連合国に伝えられたとたん、このざまです。おそらくこの混乱に乗じて、クナも攻めてくるでしょう」

私はお尻が床にくっついたように、立ち上がることができなかった。たしかに父はイトの国の人間。権力が連合国のどこかに偏ってはいけないから、女王ヒミコが存在した。その扇の要がすこしゆるんだだけでこのざま。本当に、ヤマトは赤ちゃんの国だ。

ヤザクは私の目の前に片膝を立てて座り、頭を下げた。

「あなたを探していました、トヨさま。この混乱であなたに出会えたことは、やはり神のご意思でございましょう。あなたがヒミコさまの娘であることは、誰も口にしないだけで、誰もが知っていることです」

私はぞっとした。まさか。

「この混乱を収束するには、あなたしかいません、トヨさま。あなたにはヒミコさまの聖なる血が流れている」

「やめてやめて」

私は耳を塞いだ。

「スサビコさまは、あなたの成長を待って、王位を譲ろうとお思いだった」

私は金切り声で、

「殺すだの殺されるだの、そんな世界に私は身を置きたくない」

「我々が守ります、トヨさま。あなたはただ、王として、いてくれるだけでいいのです」

バカにしてる！　と、私はヤザクに近くの木っ端を投げつけた。

「トヨさま、外を見てください」

ヤザクは私の腕を引っ張って、扉を開けた。遠く、都から続く田んぼ沿いの道を人々が張り詰めた表情で走っていた。頭に荷物を掲げた女たち、裸同然の子どもたちが泣きながら逃げている。途中で息絶えた兵士の遺体がいくつも転がっていた。

ヤザクは泣いていた。この人は魏に遣わされたこともある若き大人である。そのために、まだ若いのに連合国の中枢にいた。

「トヨさま、あなたがいま何をするべきか、よく考えてください」


ヤマト中枢の大人たちに、私がヒミコの娘であることを疑う者はいなかった。信じていたというより、本当の娘かどうかなど、どうでもよかった。対外的にはヒミコは処女、というイメージを残したいけれど「聖なる血」の演出を保持したい彼らは、私をヒミコの「縁者」として担ぎ上げた。縁者など、母のムラは壊滅したのだから、いるはずもないのに。

宮殿の襲撃から三日目、私はヤマトの王となった。まだ十三歳、政治も祭祀も知らない。しかし、私の即位が伝わると、争乱は鎮まった。それも怖かった。私が反乱者に呪いでもか

ける と思っているのだろうか。迷惑なイメージを押しつけられたものである。私はこんな重い耳飾りや、ヒスイの首飾りはいらない。野に咲く花を髪に飾り、鳥や草木の声を聞き、やさしい歌をうたって過ごしたかった。それでも私には与えられた立場があった。

新しく建てられた木の匂いのすがすがしい宮室の奥で、私は祭祀を学び、ヤザクらから国政を学んだ。母ほどの神秘のヴェールはまとわず、生きた声を生きた耳に入れようと思った。「いるだけでいい」というヤザクの言葉は妙に私の心に引っかかっていた。そんな王が治める国なんて、私が魏の王なら鼻で笑う。それに、私は巫女として育ってはいなかったから、神の声で国が治められるなんて、これっぽちも思っていなかった。政治的能力も、特殊能力もない私にできることはなにか。まだまだ国のためというより、自分の立ち位置を探す日々だった。

女王になってまもなく、張政《ちょうせい》というガイコクジンが面会したいと伝えてきた。彼は魏とヤマトの仲介役を果たしていた帯方郡《たいほうぐん》*の人間で、かつてクナと激戦となったときに魏から派遣されてきた役人だった。魏は呉《ご》という国と争っていたため、こんな極東にある倭でも魏の勢力内に収めておきたかったらしく、ヤマトとクナの和平を望んでいた。

御簾越しに見る張政は、ガイコクジンと聞いていたが、私たちと見た目は変わらなかった。私たちは魔を除けるために顔や体に丹《に》を塗ったり入れ墨をしていたけれど、張政はスッピンで、すがすがしいいでたちだった。彼はうやうやしく額《ぬか》ずくと、たどたどしい倭の言葉で儀

礼的な言葉を述べた。そのあとずいと膝をひとつ前に進めて、小声で何か言った。若い私は立場も忘れて、

「え？　なに？」

と顔をしかめて身を寄せた。張政はくっくっと笑って、

「ヒミコさまによく似ていらっしゃる」

そのまま張政は小さな声で、

「しかしヒミコさまと同じ道をたどるだけではよくない」

周りに控えていたヤザクたちも少し前に出たので、

「私だけ聞きます」

と制した。張政は続けた。

「私は数年このヤマトにいます。ヒミコさまのまつりごとはたしかに倭を一歩先に進めました。官職は整えられ、犯罪は法によって裁かれ、序列もよく守られている。何よりこの国は長寿です」

私はいちいち頷いていた。

「しかし正直に申し上げて、ヤマトはまだ未開です。あなたの若く美しい体に、そんな朱を塗りたくる必要はない」

私はとっさに朱で文様を入れた手の甲を隠した。

「倭は魏へ詣でる船に、いつも『持衰《じさい》』という実に汚らしい男の巫《かんなぎ》を乗せるでしょう。船に災いがあったとき、あの持斎を殺すというではありませんか。そういう風俗を、魏では野蛮人のしわざと考えます。特に今回のヒミコさまの葬送はひどかった。侍女らが生きたまま土に埋められ、殉死させられたというではありませんか。魏ではとっくに、土で作った人形に代わりをさせています。命を軽んずる、それは未開の国の証しです」

私は赤面して口をつぐんだ。この国が外部からどう見られているのか、これほどはっきりと言われたことがなかった。

「トヨさま、一刻も早く倭をまとめ、クナとのいくさを止めてください。もう国の中で殺し合うのは止めて、安定した政権を築いてください。そうでないと、私がここに派遣された立場がありません」

私は震える手をぐっと握りしめて、

「私は、朝な夕な、神にお祈りし、神の声を民に届けようと……」

張政が鼻で笑った。

「ごほん。失礼。いえ、それも大事です。王の役割のひとつです。祈禱も占いも否定はしません。ただ」

その先の言葉が、私には言う前にわかった。私の中にもあった言葉だ。

「わかっています。今は、奇跡に頼らない国家を作るとき。そうですよね？」

張政の顔が明るく輝いた。そして再び額ずいた。
「ああ、ここに王とお呼びします。あなたなら、新しいヤマトを築くことができる」

銅鐸がおののーんと鳴らされ、宮殿の前庭で華やかな儀式が始まった。魏が滅んで晋《しん》という国が勃興したと聞き、三十二歳になっていた私は母と同じく朝貢を出すことを決め、今日はその出立の儀を行う日だった。晴れわたった夏の空。白砂で清められた前庭には貢ぎ物の品々が並べられ、遣使の人々がうやうやしくかしこまっている。貢ぎ物は男女の生口《せいこう》(奴隷)を三十人、白珠、青い大勾玉《まがたま》、そして錦を二十疋。持衰は恥ずかしいからくれぐれも乗せるな、と命じた。遣使としてふたたび海を渡るヤザク、そしてこれに合わせて祖国に帰る張政もいた。

遠い夏雲の下、東西に物見櫓が見え、中の番兵がのんびりと高みの見物をしている。儀式が終わると、私は御簾の奥に座ったまま、ヤザクに駆け寄る十歳の男の子を見つめていた。あれは、私が生んだ子。

王になった少女の日から、私はこの国の矛盾した王の存在についてずっと考え続けていた。神の嫁として子を生まない巫女が王であり続ける以上、王が死ぬたびに後継を巡っていくさが起きる。民は私の能力のおかげでいくさを避けられていると歓んでいるが、この平穏は砂上の楼閣だ。私が死ねば、すぐにいくさは起きる。そしてまた、巫女の「縁者」をどこかから引っ張り出してくるのだろう。ひきつづき文明国からは「鬼道で政治をする国」と蔑まれるのだ。堅固な後継の制度を――それが私の悲願だった。私の命に、この国の命運がかけられるストレスに耐えられなかった。

「死にそうになったらさっさと死にたいよ」

そもそもどうして私に白羽の矢が立ったのかと言えば、人々が「ヒミコの縁者」である私の「聖なる血」を信じたからである。後継について誰も文句を言えないのは「聖なる血」の存在しか思いつかない。私自身はちっともそんなものを信じていないけれど、人々を納得させるにはそれしかない。そう思って、私はある闇の夜、ヤザクを御簾の中に招き入れ、彼の手を私の温かなふところに入れた。ヤザクはあの宮殿炎上の日、私の前で、国家のために泣いていた。そんな男に弱いのは、母譲りだろうか。ヤザクにはすでに三人の妻がいたが、私は彼と結ばれ、子を望んだのである。

そして十年前、秘密裏にタケルを産み落とした。タケルはまた私の「縁者」として王位に就くだろう。それでも巫女の血をひく男の王であれば、即位は承認され、かつ堂々と後継を生ませることができる。そしてこんな御簾の中から飛び出して、神威でなく徳によってまつりごとを行えば、ヤマトの王族として皇統は守られるだろう。血による皇統の維持が正しいことなのか、まだ私にはわからないけれど、目に見えない神だけに頼る時代は、私の手で終わらせなくてはならない。

私はヤザクを近くに呼び寄せた。

「無事の渡航をお祈りしております。どうかその目で現在の晋の政情と最新の文明をしっかり見て、無事に帰って我が国に伝えてください」

ヤザクは額ずいた。私はひときわ小さな声で、

「帰ってこないと、先代の女王の聖なる遺言に反することになるからね」

「それは?」

顔を上げるヤザクに、

「好きな男と添い遂げなさい、だって」

ヤザクは苦笑してまた頭を下げた。

「はい、トヨさま。聖なる遺言、たしかに賜りました」


私は御簾の内から夏の気を思い切り吸った。タケルが無事に成長したら、彼に政治を任せよう。そうなれば私は野原に出て、花を髪に飾り、あんな辛気臭い神殿に依り憑く神でなく、鳥、草木、風、雲、世界に満ち満ちる神々と語り合うだろう。

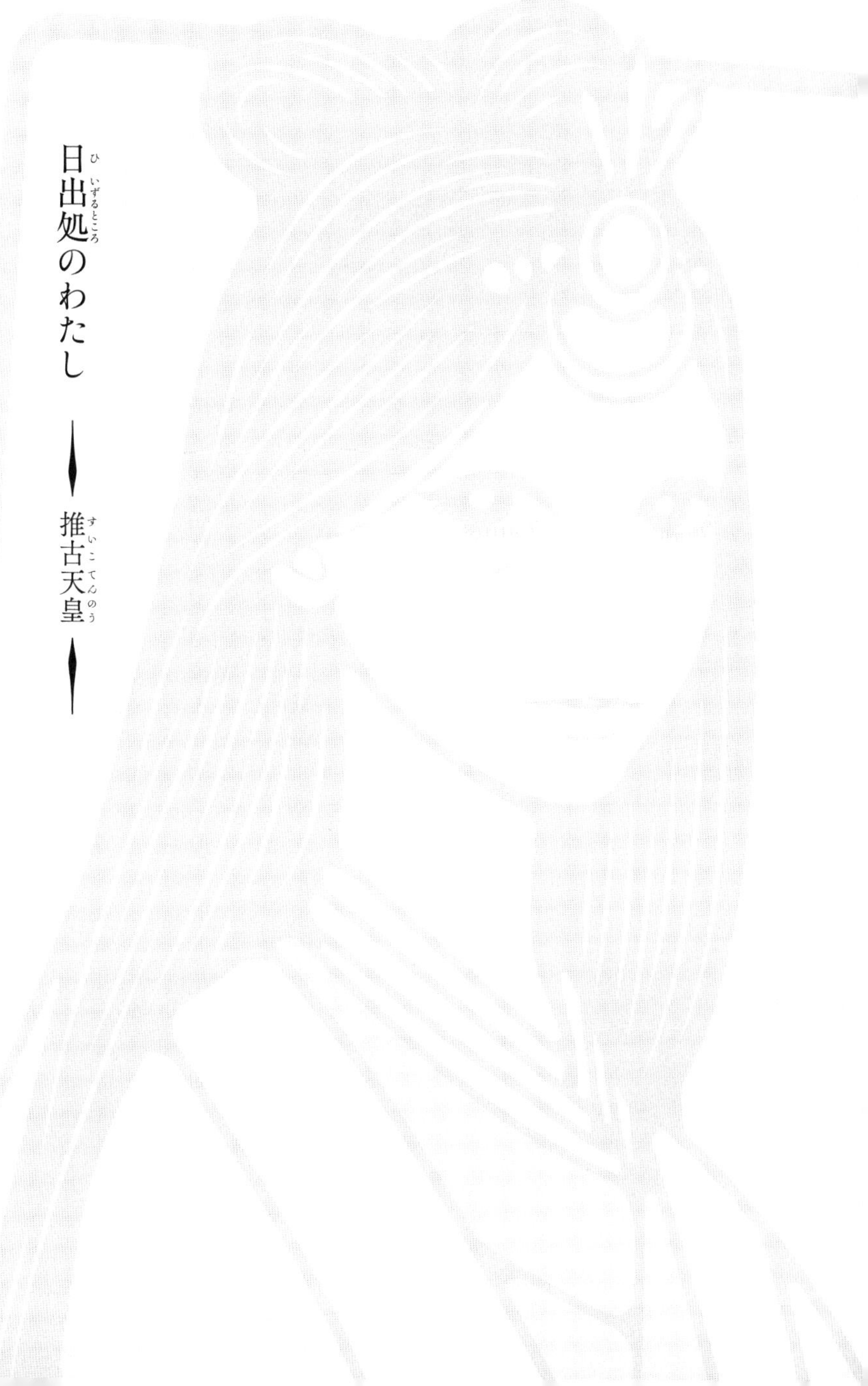

# 日《ひ》出処《いずるところ》のわたし

## 推古天皇《すいこてんのう》

三十五年の春二月《きさらぎ》に、陸奥国《みちのくのくに》に狢《むじな》有りて人に化《な》りて歌うたふ。

（『日本書紀』推古天皇条）

（推古天皇三十五年春二月に、陸奥国にムジナ〈アナグマ〉が現れ、人に化けて歌をうたった。）

虫の息とはこのことかしら、なんだかもう呼吸すら面倒になってきたけれど、頭の中ではどうしたことか、過去がきれいな映像となって去来する。女の身にして大王《おおきみ》となってからもう三十六年。ということは、私も七十五歳。十分生きた。ふつうの女性よりたくさん泣いたし、たくさんの血を見てきたのだから、もういいだろう、楽になっても。

私は目を閉じて、敏達《びだつ》天皇の后《きさき》となったときのことを思い出していた。初めて大王の寝所に入ったとき、大王さまは口をあんぐり開けて、

「これはまた美しい。あの、触ってもいいのだろうか」

と手をのばして引っ込めた。そんなことを思い出すと、虫の息ながらくすくすと笑ってしまう。侍女が心配そうに私をのぞき込んだ。

「おおきみさま、お苦しいですか」

「いいえ、ちょっと、思い出し笑い」

まあ、と侍女はにっこり笑って、今日はご気分がよろしいようで、と下がった。そう、あのとき私は十八歳の花嫁だった。欽明《きんめい》天皇を父に持ち、大臣だった蘇我稲目《そがのいなめ》の娘、堅塩媛《きたしひめ》を母に持つ私に怖いものはなかった。天女のように美しく、立ち居ふるまいも優雅、コミュニケーション能力も抜群と言われ、私自身もその辺には自信があった。とてもクレバーだった私は、若くして自分の役割を十分に心得ていた。とにかく大王の子を多く生むこと。先の亡くなった大后——大王の前妻が彦人皇子《ひこひとのみこ》を生んでいたけれど、皇位の継承は兄弟間で行われることが多いのだから、彦人皇子の次の天皇こそ私のお腹から生まれた子——それればかりを願って、二人の皇子と五人の皇女を生み、当時の皇居だった訳語田宮《おさだのみや》の奥で育児の日々を送っていたのだった。そうやって私の人生は過ぎていくと信じていた。

「それが、まさかねえ」

目を閉じ、窓からじんわりと入る春の陽のぬくもりを静かに感じていた。

「おおきみさま」

下がったはずの侍女が泣きそうな声で寝台のとばりをあげた。

「陽が、陽が消えていきます!」

耳を疑ったが、聞き返す間もなく、さっきまでのぬくぬくとした陽が本当に陰りだしたのに気づいた。

「ちょっと、外を見せて」

私はようやく起きると、侍女の肩に手を回し、ゆっくりと窓際に立った。見上げると、太陽が黒い円盤のようなものに覆われていく。まだ午前中であるのに、夕暮れを省いていきなり闇に包まれる不気味さ。私の皇居である小墾田宮《おはりだのみや》は騒然として、悲鳴にも似た声がどことからともなく響き渡る。すると大臣・蘇我蝦夷《えみし》の声が聞こえた。転げるようにして私の宮殿に上がってきて、御簾の前に伏した。

「おおきみさま、これは、これはいったい」

ふだん冷静な蝦夷まで、声がふるえている。

「世界が、闇に、闇に」

私は寝台にゆっくり戻り、腰をかけて外の蝦夷に声をかけた。

「聞いたことはないか？　蝦夷。これは日蝕というもの」

光が消えきらないうちに、陽はまた姿を現し始めた。今度は歓声が聞こえる。史書で見たことがあったけれど、自分の目で見るのは初めてだった。

「不思議なものねえ」

もしかしたら、単なる天の動きの一つなのかもしれない。でも、私の寿命が尽きる暗示のように思えた。政治補佐をしていた厩戸《うまやど》皇子、蘇我馬子《うまこ》、みんな亡くなってしまった。世界が闇に覆われ、やがて光が復活する——新しい時代がくるということだろうか。

と言っても、まだ死んではいられない。言い残すべきことがあった。まずは私の娘である田眼皇女《ためのひめみこ》の夫、田村皇子を枕元に呼んだ。皇位につかず亡くなった彦人皇子の子。

「はい、おおきみさま」

「大王推挙の話はいろいろ耳に入っているだろうけれど、即位してまつりごとを行い、民を治めるということは簡単なことではありません。とても重いことだから、簡単にハイやります、なんて言ってはダメ。自分にできるかどうか、きちん見極めて。以上です」

「はい。あのー」

「なに」

「後継に、ご指名いただけないのでしょうか」

「……自信あるの？」

ぎろりと睨むと、田村皇子はすごすご席を立った。彼は蘇我馬子の娘を夫人に持ったために蝦夷の後ろ盾がある。おそらくこの人が即位するだろうな、と思うけれど、出来レースほどやる気を削ぐものはない。よほどモチベーションが高くないと、こんなつらい仕事は務まらないのだ。

次に山背大兄皇子《やましろのおおえ》。彼は厩戸皇子の嫡子で、私と同じく蘇我氏の血をくむので有力な即位候補ではあるが、神経質でいつも不機嫌そうな表情に偉大な大王像は見いだせない。

「はい、おおきみさま」

私は山背大兄皇子の頭のてっぺんからつま先までじろじろ見て、

「あなたはまだ若くて未熟。言いたいことがあっても慎みなさい。必ず群臣たちの意見を待つこと。そして、それに従うこと」

「はい」

ふてくされている。人に意見されることを嫌う人間は大王に不向き。でも易々と田村皇子を推挙すると蘇我氏が調子にのってしまうし、しばらくは有力候補でいてもらわなくては。

私は次に群臣を招集した。彼らは御簾の前にずらりと並び、蝦夷が代表してお見舞いの言葉をだらだらと奏上するので、私はそれを遮って、

「ありがとう、でも儀式的なやりとりをするほど私には時間が残っていません。よく聞いて。近年は五穀の実りが悪く、民がとても飢えていることはわかっていますね。民あっての国家です。彼らのお腹を満たすことが最大の使命……」

私は無念の思いにかられ、少し黙った。

「おおきみさま？」

群臣はざわついた。死んだと思ったらしい。

「大丈夫、まだ生きています」

ざわざわ。

「彼らのお腹を満たすことがあなたたちの務めです。私はまだ道なかば、国家の基礎作りには尽力しましたが、要となる産業については気候に左右されることもあり……」

私はまた胸にこみ上げるものがあって、沈黙した。

「おおきみさま？」

「……生きています」

「おおー」

「……だからとにかく、私の陵《みささぎ》を造るのはやめてください」

そう、死んだ人間のために民を何年も労役に駆り出すのは徳政と言いかねる。かと言って、適当に庶民と同じように葬られるのは大王の権威の低下と見られかねないし、と煩悶して黙りこくっていると、

「……お、おおきみさま！」

いよいよ死んだと思ったらしい。続きが言いにくいではないか！

「ゴホン。生きています。ですので、亡き息子、竹田皇子の御陵に私を葬ってください。以上です」

また群臣たちがざわめいた。おそらく次期大王の指名が行われると思っていたのだろう。

でも私からは言わない。十分に議論してほしい。群臣たちが下がると、私はとても疲れていて、もう息は長くもたないだろうと思う。目を閉じると、またあの若き日々がよみがえってきた。

私が初めて仏さまの像を見たのはいつだったたか。たしか敏達天皇の大后となって八年目、まだ三十歳のとき。蘇我馬子が百済《くだら》より二軀の仏像をもらい受けたというので、大王とともに見せてもらったのだった。あのきらきらしさは忘れられない。一メートルほどのほっそりとした体つきは、まるで天から落ちてきた水滴がそのまま仏のお姿になったように柔和で、お顔にはゆったりとした微笑みを浮かべていた。なんだか、たまらない気持ちになりますね、と大王と話したものだった。馬子から仏教の教義についても聞いたけれど、その頃の私はちゃんと飲み込めず、

「仏さまとは、赤子のようなお顔。でも、赤子を見守っているようなお顔でもありますね。私もいつもこんな顔をしていたいものだけれど」

と御簾の内からつぶやいたのだった。馬子は、

「まあ、教義的なことはともかく、仏教が大陸、半島の最新文化を抱え込んでいることが大事なのです。国家として仏教を崇《あが》め、仏を祀る寺院を建立し、僧侶を育てること。これこそ

が大国に負けない技術や文化を育むことになるんです。一人前の国になるには仏教を推し進める、これしかないんです」

すごい力説。こんな話、大連《おおむらじ》の物部守屋《もののべのもりや》が黙っていないだろうに、と私と大王は視線を交わした。物部氏は代々石上《いそのかみ》の神々を祀る一族で、新参の仏教を毛嫌いしているのはことに有名だった。私たちが宮中で仏像を見せてもらったのもコッソリなのである。馬子の思いはともかく、この時から私の心にはひっそりと仏さまが住みついた。

馬子は地固めとして自ら寺院を作り、すでに仏教を信奉していた司馬達等《しばたつと》の娘を出家させて尼僧とした。この善信尼《ぜんしんに》こそ我が国で初めての僧侶である。ところがちょうどその頃、世間では疫病が流行して馬子も罹った。守屋は鬼の首でも取ったかのように朝議の場で、

「疫病が流行っているのは馬子が仏教なぞを崇拝するせいです」

と主張した。気の弱い大王は、

「じゃあ、仏教やめよう」

と安易に言ったものだから、守屋は勅命ということで馬子の寺に火を掛けて仏像もろとも燃やしてしまい、焼け残った仏像は難波《なにわ》の河口に捨ててしまった。さらに凶悪なことに、善信尼とその弟子の尼ふたりの法衣を脱がせて監禁し、海石榴市《つばいち》*という市で衆人環視の中むち打ちにしたというではないか。馬子はこれを聞いておんおんと声を上げて泣いたという。

そのうち、大王も守屋も疱瘡にかかった。その痛みはまるで体を焼いたようだというので、

人々は「仏像を焼き払ったせいだ」とささやきあった。大王はとりあえず馬子に対してのみ仏教を許し、三人の尼を返したが、国家としてまだ仏教は認められなかった。

大王は病に勝てず、帰らぬ人になった。死ぬべくして死んだのだが、やはり人々は「大王が仏教やめよう、なんて言ったせいだ」とささやいた。風は仏教の側に吹いていたように思う。新しい大王には私の同母兄の用明《ようめい》天皇が就いた。彼は仏教に心を寄せる人だったので、風はますます強まるだろうとひそかに私は確信した。


夫の敏達天皇が亡くなってすでに十ヶ月になろうとしていた。蒸し暑い夏の日、私はまだ大王の殯宮《もがりのみや》で白い衣をまとい、喪に服していた。哀しみはとうに癒えて、棺からの強烈な臭いもわずかに収まりつつあったけれど、髪にも衣類にも死臭はこびりつき、子どもからも遠ざけられ、内心ほとほと弱っていて、こんな辛気くさい日々はもう終わりにしたいと思っていた。殯の期間は長い場合は三年とも言われるが、なんというか、精神的苦痛と経済的損失を考えると古い因習としか思えない。暗い殯の部屋で棺と向かい合い、仏教ではどのように死者を送るのだろうか、とぼんやり考えていたとき、がたりと扉が開いた。侍女かと思って振り向くと、わずかな灯明の灯りに浮かび上がったのは一人の男。

「だれ？」

とっさに立って壁に身をよせると、ずかずかと男は入ってきて私の腕をつかみ、

「みんなどうしてだろうな、死んだ王にばかり仕えて、生きているこの私には仕えない」

異母兄の穴穂部皇子《あなほべ》だった。乱暴に抱きつき、私の白い喪服を引き剝がそうとしたので、私は死体もびっくりするほどの大声で、

「だれか来て!」

と叫んだ。

「わかった、乱暴はしない。お願いごとがあっただけなのだ。あなたに次期大王として私を推挙してほしいのだ」

私はあきれた。この野心家の男は大王が亡くなったとき、その後継を狙ったが叶わなかった。次の皇太子の地位こそ逃さないという腹なのだろう。それにしたって、推挙してもらうのになぜ私の服を脱がすのだ。

侍女が駆けつけ、殯宮を警護していた臣下の三輪《みわの》逆《さかう》を呼んできてくれたために危機は去った。私は侍女たちに囲まれてヨヨヨと泣いているふりをしていたが、冷静にこの状況を考えていた。大王の推挙を私に乞うということは、前の大后であっても私には一定の発言力があるということか。発言力がなくても、私とそういう関係になれば、次期大王となるのに立場上優位になるということだろう。女なぞ抱けば意のままになるという穴穂部の発想はアホ過ぎるが、自分の立ち位置がちょっと見えた。いずれにしてもこんなところに籠もっている

場合ではない。私は勇気を持って、殯の終了を告げることにした。

その後、穴穂部皇子は「殯宮で三輪逆が自分に失礼な態度をとった！」と因縁をつけ、物部守屋とともに三輪逆を殺そうと用明天皇の皇居を軍隊で囲むという恐ろしいことをしでかした。軍門・物部氏の武力をちらつかせて、どうしても皇太子になろうという魂胆である。

三輪逆は慌てて皇居を抜け出し、私の別荘である海石榴市宮に転がり込んでいた。私は殯が終わってリフレッシュ中だったのではなはだ迷惑だったけれど、三輪逆は亡き大王が頼りにしていた男であるし、なにより殯宮で助けてもらった恩がある。

「いくら守屋でも私の別荘に押し入ることはないでしょう。ここに隠れていなさい」

と言い終わる前に、守屋がずかずかと屋敷に入ってきて、御簾の前で跪《ひざまず》き、

「大后さま、三輪逆を引き渡してください。皇子をおとしめた罪は重いのです」

三輪逆は隣の部屋に逃げ込んだ。守屋はさらに大きい声で、

「お引き渡しいただけない場合は、この宮に我が軍が攻め入ることになります」

ごめん、逆。私は目の前の御簾を上げさせ、ほんとになんのことだかわかりかねて、と言いながら視線を三輪逆が潜む部屋に動かした。守屋はさっと立ってその部屋の扉を開け、数人の兵とともに半泣きの逆を引っ立てていった。その後、殺されたという。

私はこの国の未来を心から憂えた。なんて野蛮なのだろう。気に入らなければ殺す、動物でもこんなことはしない。

馬子は守屋にブチ切れていた。寵臣であった三輪逆を殺害したのはやり過ぎであるし、穴穂部皇子と結託して彼を即位させ、その後見をした自分たちを優位に置こうとしていることはわかりやすすぎて、「やり方に知性が感じられませんな」と苦虫をかみつぶしていた。

まもなく、まだ即位二年目の用明天皇が天然痘に倒れた。苦しみの中で群臣たちを集め、はっきりと言った。

「私は仏教に帰依しようと思う。よく議論してくれ」

このときの守屋の顔と言ったら。今でも私は思い出し笑いしてしまう。

「どうして国の神々に背いて、よその神を敬うのだ。こんな話聞いたことがない!」

朝議の場で守屋はつばをぺっぺっと散らして言った。馬子がニタニタしながら、

「これは天皇の命令ですよ？　異議なぞありえん話だ」

その命令した用明天皇があっけなく崩御した。だれもが皇位をめぐって戦が始まることを予感した。それほど蘇我と物部は一触即発の緊張状態であったのである。穴穂部皇子の即位を掲げる守屋は軍備を整えたと聞いて、馬子はいそいそと私のもとにやってきた。

「機は熟しました。大王不在の今、大后さまに大王代理として穴穂部皇子の誅殺《ちゅうさつ》を命じてください」

いやな役。しかしいま思い出しても腹が立つけれど、守屋と組む中臣連《なかとみのむらじ》勝海《かつみ》が私の愛しい長男、竹田皇子の人形を作って呪詛《じゅそ》したという。成長すれば竹田もまた大王候補となるためだろう。誅殺を命じるということは人を殺せということ。でも殺さなければ竹田はいずれやられる。

「大臣よ、穴穂部と守屋がいなくなったら、我が国にはもう争いはなくなりますね？」

私はあたかも、穴穂部誅殺が大義にのっとったように思わせるために質問した。

「はい。我が国は仏法のもとに平和を築き、大陸に劣らない国づくりに注力できることでしょう」

馬子もよくできたセリフを吐いた。そして穴穂部誅殺が遂行されたという報告を、私は無言で聞いた。

馬子はいよいよ守屋征伐を決めた。守屋がいま一旦退いている渋川郡（現在の大阪府八尾市、東大阪市あたり）の屋敷を攻撃することになり、そのメンバーには私の異母兄で穴穂部の同母弟である泊瀬部《はつせべ》皇子、そして用明天皇の嫡子・厩戸皇子もいた。馬子は私が後見であることを敵にアピールするために竹田皇子にも出兵を要請してきた。バカな馬子、いずれ我が国を担うはずの竹田を戦場に行かせるわけがない。

「ぜったい勝つので、竹田皇子も出兵させてください、今後の即位に有利になりますよ」

その馬子のささやきに、私の心はぐらりと動いた。当然、勝てば戦功がたたえられて即位の強い理由になる。そして、うっかり行かせてしまった。たしかに守屋は討たれたが、竹田も冷たくなって帰ってきた。

どれだけ泣いたかわからない。大王が死んだときよりも泣いた。私なりに帝王学を教え、徳政とは何かを学ばせ、仏法についても共に学んだ竹田。まだ十四歳だった。弔問を受けて、私はそれを泣きながら訴えると、人々は子を失った私に寄り添う言葉をかけてくれた。でもまもなくして私は気づいた。私のこの哀しみは、竹田が死んだということより、大王になるはずの竹田を失った無念の思いでしかなかった。竹田自身は、私の中のどこにいたのだろう。私という政治家の真ん中に次期大王として存在したけれど、息子という個が、どこにいたのか思い出せない。彼は行きたいとも行きたくないとも言わず、戦に出た。私が行かせ、私が殺したのである。

ほとんどふぬけの状態で、判断力も著しく低下している中で、私は群臣とともに泊瀬部皇子を大王に推挙し、崇峻《すしゅん》天皇が誕生した。もっと私の政治的勘がビンビンに働いているときだったら、この選択肢はなかったかもしれない。とにかくこの人、権威主義者だった。出来レースでの即位はたしかに意欲が出ないかもしれないが、ポッと出で大王になってしまった人は逆にはしゃぎすぎる。泊瀬部もそうだった。とにかくオレオレオレオレ、うっとうしいこと睡眠中の蚊のごとし。しかも最悪なことに、馬子とそりが合わなかった。というのも、当然ながら実質的なまつりごとは馬子がどんどん進めていた。守屋亡き今、仏教の受け入れは遠慮なく進められ、百済より多くの僧侶を招き、また善信尼らを百済に派遣して本場の仏教を学ばせた。飛鳥には本格的な仏教寺院である法興寺《ほうこうじ》を建立している。さらに各地に使者を遣わして視察をさせ、東は蝦夷の国との境、北陸の越の国との境、または東海地方の国々など、我が国の支配状況の把握に努めた。

オレの国なのに。と思っていたかどうかは定かではないが、あるとき泊瀬部は貢ぎ物のイノシシを見て、

「いつかこのイノシシの首を断つみたいに、オレが大っ嫌いな誰かさんを斬ってみたいよ」

とささやいたとか。これを泊瀬部の后である大伴嬪《おおとものみめ》小手子《こてこ》が手紙を書いて馬子に告げ口をした。というのも、泊瀬部の漁色が激しく、このごろ小手子に見向きもしなくなった腹いせであるらしい。馬子はだれがイノシシじゃ、と鼻で笑って読んでいたが、最後の一行が目に入ったとたん、顔をしかめた。

「大王は武器も集め始めているのですよ。物騒なこと」

夕餉前に馬子が海石榴市宮の私のところに来たとき、その顔つきで要件がわかった。

「ということなんです、大后さま。どうかご下命を」

やはり。簡単に言うけれど、これは臣下による天皇暗殺事件になる。聞いたこともない。

それを言うと、

「いえ、まあ、大王といえば大王ですけれど、あれも蘇我一族の一人ですから、これは一種の粛清です。不出来なものを生み出してしまったのだから、一族で引き受けないと」

詭弁者め。私は思いをめぐらした。泊瀬部が死んだら次の大王は厩戸皇子だろうか。ちょっと若い気がする。少なくとも大王は三十歳を超えていてほしいし、これまでもそうだった。でも今の馬子の気持ちは変わるまい。これに反対したら私まで——気づくとまた、私は首をたてに振っていた。

では、と馬子が立ち去ったあと、私は屋敷の軒先に出た。神経が張り詰めて、呼吸が浅くなっていた。大きく伸びをして遠く西の方角を望むと、二上山《ふたかみやま》に沈む夕日が見える。二つの頂きが夫婦のように並び、その間に陽が落ちていく光景を見ながら、私は気づくと泣いていた。私自身は手を汚していない。だけど、私が頷くことで、どれほどの命が散ったことだろう。自ら政争にはまりこみ、息子まで失った。権力とはなんだろう。私はたしかに権力を持っているけれど、殺戮にしか使っていない。仏法では殺生が禁じられていて、虫さえも殺さないというのに。

二上山の夕日は沈みきって、葛城山、金剛山まで燠火のような残照が広がっていた。仏教では西方に浄土があり、死後はそこに迎えられると聞いた。あの二上山の向こうは河内《かわち》だけれど、きっと死に瀕した私の眼には、まばゆいほどの光とともに仏の国が現れるはずだ。竹田もきっと今、仏さまのお膝元にいるのだろう。そう思えば少し気が楽になる。仏教の語る「死後」は、なんと美しくあたたかい。じめじめした殯宮の腐臭を思い出すと、私の心は強く仏教に惹かれていった。そしてこの内乱が収まったら、今度こそ民のために権力を使おうと思った。

その日、群臣らは馬子プロデュースの儀式ごっこに付き合わされていた。東国からの貢ぎ物が届いたというので皇居の庭に集まり、玉座では泊瀬部がふんぞり返っていた。この日何が起こるかわかっていた私はあえて欠席したので人から聞いた話だが、儀式も終わるころに献上役の一人がとっさに刀を抜き、玉座を襲ったという。

「え、だれ？」

それが泊瀬部の最期の言葉だったとか。

馬子は群臣に、下手人が東漢直駒《やまとのあやのあたいこま》であることを伝えた。当然ながら、

「渡来氏族の末裔が、なぜこんな大それたことをするのだ」

という声が朝議の場で上がった。馬子は、

「みなさん聞いてください。あの駒という男はどさくさの中で大王の后であった河上娘《かわかみのいらつめ》を盗み出して強姦していました。河上娘は私の娘です。ぐすん。かわいそうに。だから私が部下

に命じて駒を殺しました。これで事件は解決、私ももうこんないやなことは忘れたい。ご静聴ありがとう」

馬子の例の詭弁に、群臣たちは煙に巻かれてしまった。

皇位はこうして空っぽになった。欽明天皇の子どもたち、つまり敏達、用明、崇峻が果て、次世代に移る時期であったが、敏達の子である彦人も竹田も亡くなっているため、残るは用明の子・厩戸皇子しかいない。たしかに彼はとても優秀ではあるが、まだ十九歳、やはり大王としてはどうしても若い。いつものように馬子め、詭弁やゴリ押しでこの蘇我系の皇子を即位させるのだろうか。

来るだろうとは思っていたけれど、やっぱり昼過ぎに馬子は私の屋敷にやってきた。しかし口にした内容は私の想定とは違っていた。

「大后さま。天皇が不在の現状は、国難といってよいでしょう」

自分がやったくせに。

「そこで、大后さま。なにとぞ、皇位に就かれてください」

「は?」

「これは臣下一同の思いです。どうぞ、すみやかに」

正面で構えていたのに、左上くらいから殴られた気分だった。

「まさか。私、女ですけど」

と自分を指さした。

「我が国ではかつて女性の支配する国はたくさんありましたし、近年でも欽明天皇が即位を悩まれた際、先々代の皇后である春日山田皇女《かすがのやまだのひめみこ》が推挙されました。やはりそのように、わたし女だからムリ、とのことで実現しませんでしたが、経験豊富な先の皇后を推挙するのは突飛なことではありません。この内乱状態を鎮めるには、大后さまの即位しかないのです」

たしかに、厩戸皇子を除けば私しかいなかった。断るのは簡単だ、春日山田皇女のように私が女であることを主張し続ければいい。でも、持って生まれた性をもって自分が自分の価値を決めつけることに、強い違和感は覚えた。誰かに「女に大王なんてムリ」と言われるならまだしも、それはそれでムカつくが、自分で「女だからムリ」と言うのは、面倒くさいことから逃げているだけに思えた。心の底では、女がまつりごとをできないなんて思っていない。むしろ、民のために使う権力は大王でなければ持ち得ないようにも思った。

「わかりました、一度、厩戸と話をさせてください」

これに馬子は頷いた。もし私が即位したら、厩戸が皇太子となり、私の亡きあとを継ぐだろう。聡明なあの甥っ子はこの国をどうしたいのか、ヴィジョンを聞きたいと思った。厩戸がたしかな人材なら、私はこの重い任務を受けようと思う。

明くる日、厩戸は私の屋敷にやってきた。御簾の内に入れ、膝をつき合わせるようにして向かい合った。十九歳とはなんと若く美しいものだろう。厩戸は私がじっと見つめても目をそらさず、

「叔母上、今日はテストですね」

にこりと笑った。肝が据わっている。

「経典の勉強をとても熱心にされているとか」

「はい。寝る間が惜しいくらい面白いです。勉強ではないんです。全体は細部に宿るとはこのことで、さまざまな身近な話の中に仏の真実を盛り込んでくる。お話ですよ、ストーリーです。私たちはそれを楽しむだけで、いつのまにか腹に落ちている」

私はただ頷いていた。

「叔母上、まつりごともストーリーだと思うんです。この倭国を大国に認めてもらうまでの物語を作り、群臣へ、民へ、見せましょう。もうバカバカしい殺戮の歴史は終わりにしたい。さきの戦を初めてこの目で見て、私は恐ろしいというより、脱力しました。同じ倭国の人間が同じ倭国の人間に弓を射て、最後には刀取り合って白兵戦。残酷な子どものケンカですよ。こんなことしていたら、あっという間に隋《ずい》に侵略されます」

「そうね、ほんとうにそう思う」

「ただ、一足飛びに何もかも解決できる方法なんてありません。国づくりの物語は実に長編

で、急に完結しないのです。ちゃんと筋を作って、一歩一歩なぞるしかありません。夢物語でもいいのです。無理だと思うことも、まだ話の途中だと思えば先に進めます」

「では、お話の出だしは？」

「まず、大王をトップに豪族たちが再構成され、堅固な政治体制を作ることからです」

「官位制度をきっちりしないとね。氏族にとらわれない、個人の資質や経験によって職掌を決めるべきだと思う」

「叔母上、おっしゃるとおりです。家だの血筋だのにとらわれるせいで政争は起きるのです」

「で、次は？」

「憲法です。気に入らないだの、皇位に就きたいだの、そんなことで人を殺すのはもってのほかです。行動の指針を作り、それにのっとる行動を官人たちに求めなければいけません」

「次に外交ね」

「そうです。半島情勢ももちろん大切です。新羅《しらぎ》に滅ぼされた任那《みまな》を我が国が復興させようという機運がありますが、まず私たちが見据えるべきは」

「隋ね」

「はい。倭国はまだ乱れっぱなしだと思われています。倭国をグローバルスタンダードに引き上げるには、隋との国交が不可欠です」

「出しましょう、国書を」

「叔母上、憲法と官位制度、そして都城。これがなければ一人前の国とは見なされません。いつまでも属国扱いになります」

話し終わったころ、私はすっかりこの甥に惚れていた。この子とならできる。馬子の腕力による政治も止められる。

私は年末、豊浦宮《とゆらのみや》で即位した。三十八歳、今から始まる物語にワクワクしていた。


即位して八年目、初めて隋に遣いを送った。このとき私は隋の文帝に叱られた。私はこれまでの慣習にのっとり、夜中に大王として神事を行い、朝議には厩戸が代表して出席していたが、それを遣使が文帝に伝えると、

「大王が神事だけをしている？　道理に合わない。ちゃんとしなさいよ」

と言ったらしい。誤解だ、悔しい。

即位して十一年目、蘇我氏の邸宅に近い豊浦宮を皇居とするのをやめて、新しい小墾田宮に移り、冠位十二階を施行する。「徳・仁・礼・信・義・智」の六項目にそれぞれ大小を加えて十二級の官位を制定し、官人たちに能力に応じて官位を授けたのである。ただ、馬子ら最上位の豪族たちは授与する側であったのは私の妥協の産物で、道半ばと言ったところか。

その翌年、憲法十七条を制定した。これには馬子を参加させず、厩戸と相談して決めた。君と臣と民という構造を明確にして、それぞれの徳を説いた。たとえば第一条は、「和を以《もっ》て貴しと為《な》し」——みんな仲良くしよう、というのは散々血を見た私の一番の望みだった。そして第二条「篤《あつ》く三宝《さんぼう》を敬へ」——仏、法、僧を敬え、つまりここできっぱりと国をあげての仏教崇拝を示した。これは法律なのだから、もう神だ仏だ、という争いは起きない。そして第十七条「夫《そ》れ事は独断すべからず」——物事は独断で決めてはいけない、必ず議論しなさい。これも馬子の首根っこを押さえることでもあり、私への自戒でもあった。

新しい官位制度、新しい憲法、新しい小墾田宮。完全なものではないけれど私は胸を張って再び隋に遣いを送った。ドキドキしながら帰りを待っていたが、翌年に帰国した遣使の小野妹子は、

「また怒られました」

がくり。私は肩を落とした。国書にケチがついたようである。

「日出ずる処の天子、書を日没する処の天子に致す、もうこの出だしだけで煬帝《ようだい》はキレました」

日が出る東方の倭国の王が、日の没する西方の隋の王にお手紙を送ります……厩戸と練りに練った出だしである。

「隋に対して〝日没する〟というのが失礼だったかしら」

「いいえ、そこではないです。彼らが言うには、天子は至高の存在であり、この世に二人も存在しない、つまり倭と隋は対等ではない、ということらしいのです」

やるな、煬帝。どさくさにまぎれて対等外交にするつもりだったのに。それでも妹子が帰国する際に、裴世清《はいせいせい》という答礼使を遣わしてくれたのだから、これからも朝貢であっても国交は続くだろう。

即位して三十年目、私の死後に即位するはずの厩戸が、先に死んだ。物語はここで大きな挫折を盛り込んできて、起承転結の「転」に転びそうになったけれど、私ももういい年、一人でも立てるはず。たとえば馬子が国の領地である葛城県をもともと蘇我氏の土地なので自分の領地にしたい、と言ってきたけれど、私はきっぱりと断った。

「私の代で葛城県を失ったら、のちの大王たちは愚かな女が天下を治めたせいで葛城県を失った、と言うでしょう。あなただって不忠として後世まで悪名を残しますよ」

馬子はぐうの音も出なかった。馬子、あなたがもし「女の大王でも立てとけ」と思って私を即位させたとしたら、そんな「女の大王」はもう存在しない。この国を思うひとりの大王がここにいるのみだ。

そして今、私はこうして寝台の上で虫の息。ああ、明日かな、あさってかな、私の物語は荘厳な仏の群れに導かれてエンディングを迎える。すべてやりきることはもちろんできなかったし、おそらくこれからも戦は起きるだろう。だけど私は信じている、私自身の物語は終わっても、この国の物語は始まったばかり。

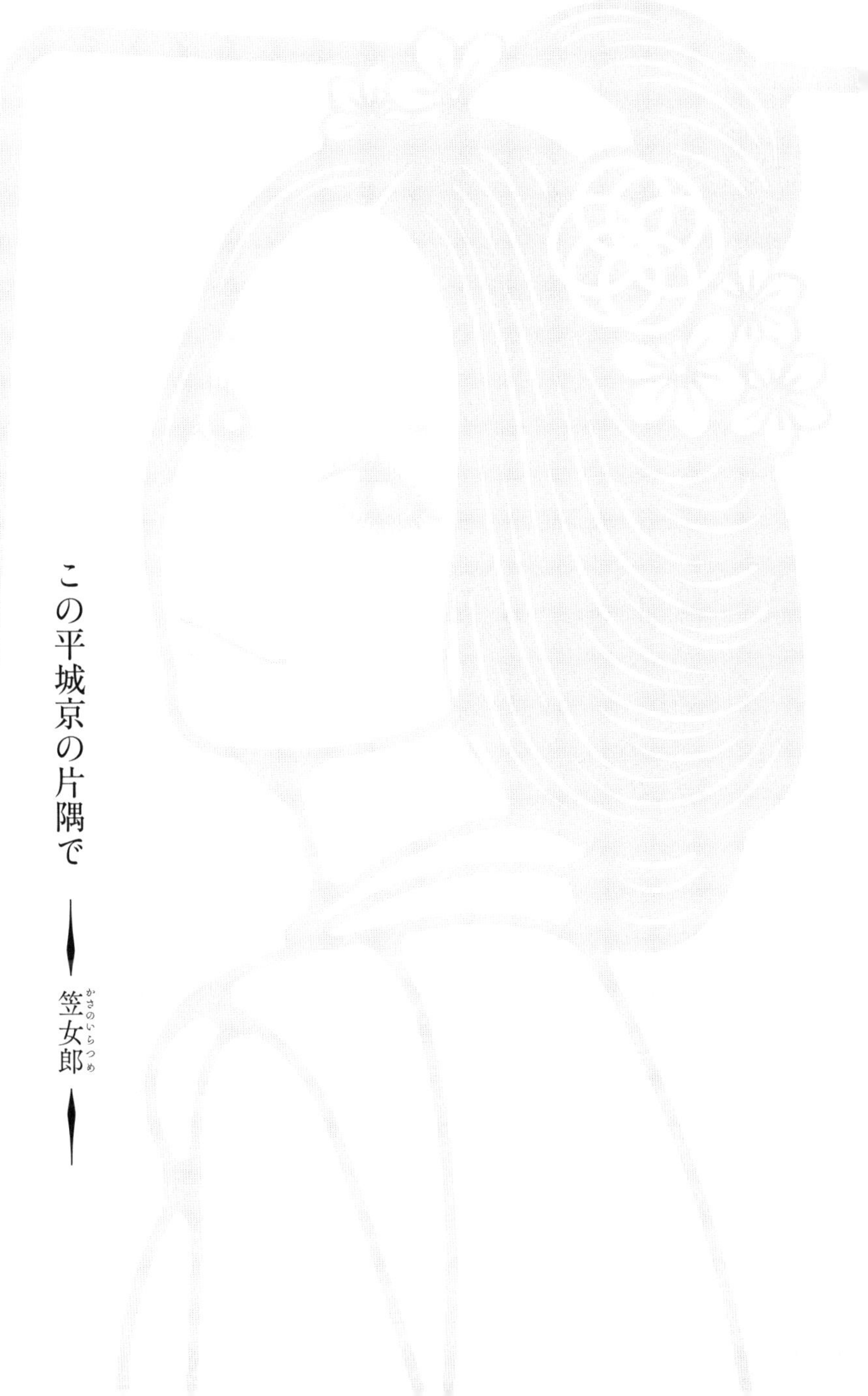

# この平城京の片隅で

笠女郎《かさのいらつめ》

思ふにし死にするものにあらませば千遍《ちたび》ぞ我は死に返らまし

（『万葉集』巻四）

（恋い焦がれて死んでしまうものなら、私は千回も死をくりかえすでしょう）

　ここが極楽というものだろうか。春のおとずれた春日野の一帯は草の芽がやわらかに顔を出し、梅の木はにおい芬々と花を咲かせ、鹿がおっとりと行き交い、若い女性たちがにぎやかな声をあげている。緑、桃色、黄色、縹色《はなだ》。彼女たちは色とりどりの絹の衣を着て、結い上げた髪には梅の花を挿し、腕に籠を掛けて若菜を摘んでいる。でもその視線は若菜より別のところに向かっている。

「この岡に、菜摘ます子、家告《の》らせ、名告《なの》らさね」

　少し離れたところにいる若い貴公子たちが、やはりこれらもよく着飾って、彼女たちに歌いかけた。若菜摘みのお嬢さん、家を聞こうかな、名前教えてよ、とからかっているような、本気のような。

「バカね、そう簡単に名前を言うわけないじゃない、ねー」

と、乙女たちは笑いながら、誰か歌い返しなさいよ、あなた得意じゃない、私はさっき歌ったわよ、などと言って、もっとも派手な衣裳の子が、

「草枕、旅行《ゆ》く人に、我が名は告らじ」

女性たちはキャー、そうよそうよと囃し、貴公子たちはなんだよケチー、とどっと沸く。

もっともお調子者そうな男が朗々と、

「かくばかり恋ひつつあらずは朝に日《け》に妹《いも》が踏むらむ土にあらましを」

こんなに恋い焦がれているくらいなら、朝でも昼でもアナタが踏んでいるその土になりたい――と歌うと、女子グループは花がこぼれるように笑い、男たちは、

「どんだけドM」

と詠んだ男を小突いている。まだ十歳だった私は、父に手をひかれながら、この光景をまぶしく見つめていた。

「お父さま、あれは何をしているの?」

あれはねえ、と父は苦笑いして、

「若い人たちはああやって歌を詠み合ってね、お互いの気持ちを確かめ合っているんだよ。ハナにはまだ早いかな」

春の初めに芽吹き始めたやわらかい菜を摘んで、スープにして食べるのは古くからの風習だった。芽吹きのパワーを体に取り入れ、冬でしぼんでいた生命力を再びみなぎらせようと

いう意味があるらしい。私も母に頼まれてこうやって菜摘みに来たけれど、あまりまじめに摘んでいる様子がない若者たちもいた。春日野は平城京の東郊にある春日社の神域であるため、耕作が禁じられていた。いつしか貴族たちの遊楽地となっていて、春は特に若菜摘みに乗じて人々が繰り出し、出会いを求めるのだった。

「歌は歌でも、お父さまが詠むのとはずいぶん違うみたい。あんな風にきれいな声でうたって」

父は平城宮に通勤する平凡な官人の一人だったが、歌人として少し知られていて、天皇皇后さまの行幸に付き従っては、旅先の景などを和歌に詠んでその土地を言祝《ことほ》ぐことをしていた。私も少しずつ和歌の手ほどきを受けていたが、言葉の決まりごとも多くてちょっと窮屈、漢字を覚えて書き付けるのもたいへんだし、同じ歌ならあんな風におおらかに詠んでみたいな、と思っていたら、

「お父さんやハナのように、木片に書いていろいろ工夫するのも歌だけど、ああやって好きだの嫌いだのと歌い合うのが、歌の始まりなんだろうなあ」

見ていると、カップルが一組できあがっている。私は胸がむずがゆくなった。きっと私ももう少し大きくなったら、髪に挿頭《かざし》を付けて、好きな人を見つけるために歌をうたうのだろうか。

父は大きく伸びをして、鹿の頭をなでたり、鼻歌を歌ったりしていた。

「都の中は息がつまるよ。あんな高い塀に囲まれていたら、こんなに近い若草山も春日山も見えない。ふるさとの笠村は自然が多すぎて早く都に出たいと思っていたけれど、年をとってくるとなんだか懐かしいね、あの山里の暮らしが」

父は独り言を言ったあと、私の髪をなでた。

「ハナ、おまえのためにも都に出てきたんだ。皇后さまにお仕えする話はつけてある。もう少ししたら、宮廷に出仕するんだよ。おまえみたいな美しい子は、きっとかわいがってもらえる」


コネのコネのコネを頼って、私は十六歳のときに聖武天皇の皇后である光明子《こうみょうし》の身辺にお仕えする女官となった。大政治家であった藤原不比等《ふじわらのふひと》を父に持つ光明子は、私にとっては天の上の上の上の人だった。不比等という人は平城京遷都を推し進めたり、大宝律令やその修正版の養老律令という法律を整えた中心メンバーであったという。私が出仕したときはすでに亡くなっていたが、幼い頃は大人たちの話題によく上る人で、私にとって天皇さまより存在感があった。その人の娘で皇后である光明子はセレブ中のセレブと言っていいだろう。

彼女の周りはベテランの女官でびっしりと固められていたので、私など簡単には近寄れず、食事を近くまで運んだり、取り次ぎの取り次ぎをしたり、窓の開け閉めや手水の準備など、雑用中の雑用をしていた。それでも時折目にする光明子は、三十代半ばであったと思うが、その名のとおり光り輝くように美しく、だけどいつもすこし悲しげで、焦っていて、時々ぴしゃりと女官を叱る声も聞こえた。私はちょっと怖かったので雑用係がちょうどいいや、と思い、比較的ストレスフリーな宮仕えだった。はずが、あるとき光明子の御簾の前に呼ばれた。

「笠女郎と言ったわね」

私は額ずいて、はい、と答えた。

「顔を見せて」

私は顔を上げた。

「ふうん。田舎くさくてちょうどいいわ。いっしょに市に行ってくれるかしら」

いま、なんと？

「お忍びですからね、目立つと困るの。この子といっしょだと下女が買い出しに行くくらいに思われていいわね」

どういう意味？　忍び笑いが周囲から聞こえてくる。私は父を深く恨んだ。素材は悪くないのに衣裳が貧乏くさいせいでこんな屈辱を受けるはめになるのだ。すると一人の中年の女官が言った。

「おそれながら皇后さま。いま都の内は疫病患者であふれかえっています。さらに流民がたむろして怪しい信仰集団を作っているとも聞きます。外出してもし皇后さまに何かあったら」

　光明子はくつくつと笑って、

「あのね、死ぬのは全然怖くないの。死にたくないからといって宮廷の奥で息をひそめていて、それで生きてるって言えますか。何をしなければならないか、この目で見ないと。でもまあ、あなたたちを死なせるわけにはいきませんから、この子を連れて行きます」

　えーと、もう一度聞くけど、どういう意味？

　光明子は若い時から社会福祉活動に取り組んでいた。意地悪な人はどうせセレブのイメージアップ戦略だろうと言うかもしれないが、光明子のそれは本気だった。

「あをによし寧楽《なら》の都は咲く花のにほふがごとく今盛りなり」と詠まれた平城京も、実態は地獄に近かった。呪われたように疫病が何度も襲いかかり、定期的に飢饉に見舞われた。飢えた農村部の人々や、労役、納税のためにふるさとを離れて行き倒れになった流民が都になだれ込んだ。当然治安も悪くなって、都の獄舎は常に満員御礼だったという。光明子は病人に薬草を施す施薬院《せやくいん》や、飢えた人を収容して食べ物を与える悲田院《ひでんいん》を皇后宮職《こうごうぐうしょく》（皇后に属する役所）に設置し、孤児の養子縁組も積極的に行っていた。光明子はさまざまな事業を自らの差配で行っていたので、月よ花よと雅やかなはずの皇后宮はあたかもオフィスのようにガヤガヤとしていた。

約束の朝、役人たちによって門が開けられる時間を待って、私と粗末な衣裳を着た光明子はそっと宮殿を出た。官庁街の朝堂院《ちょうどういん》には役人たちがぞろぞろと出勤していたが、私たちはたいして目立つこともなくそのまま壬生門《みぶもん》を出て大路を下った。西の市まで行く予定だったけれど、私は途中で気分が悪くなってきた。これが「咲く花のにほふがごとく」？　遺棄された死体の臭いばかりだ。築地塀には死んでいるのか生きているのかわからない人々が隙間なくうずくまり、目の前をぼろぼろの衣を着た人がふらふらと歩いていたかと思うと、バタリと倒れる。朝の澄明な光が、残酷な都の姿を照らし出していた。大人はまだいい、子どもの飢えたのは目をそらすほかない。この世に生まれてまだ一つも悪いことをしていないのに、なぜこのような目に遭わなければならないのだろう。

「皇后さま、私これ以上進めません」

私は前を歩く光明子の背中に訴えた。「しっかり見るのよ」と叱られるのを覚悟していたのに、光明子はピタリと歩を止め、用水路の中の小さな男の子の遺体をしばらく見つめ、

「ええ、帰りましょう。よくわかった」

私たちは手を取りながら帰った。光明子は時折、声を漏らして泣いた。そういえば光明子は八年ほど前に、一歳になったばかりの男の子を亡くしていた。幼い幼い皇太子だった。

もともと仏教に篤い信仰を寄せていた光明子は、それ以来いっそう仏教にのめり込み、五千四十八巻という気の遠くなるような一切経《いっさいきょう》*の書写を思い立った。

「人間ができることなんてたいしてないのよね」

福祉活動を続けてはいたものの、光明子は祈りの方へ傾倒していったように思う。写経所を作り、そこで写経生だけでなく、皇后宮職の職員が張り付いて写経し、私たち女官も時間を見ては各自写経をするようになっていた。

そんな風に光明子の社会活動に私自身も巻き込まれていた頃、父から定期的に宿下がりをするように言われた。しばらく休んでいた和歌の手ほどきを再開するという。なんとのんきな、と思ったけれど、官人たちは官人たちで自分たちのレーゾンデートルを探るのに必死、父は歌人としてもっと名を馳せ、娘も同じ道を歩ませようとしているらしかった。

それは秋も深まった夕暮れどきだった。疫病の蔓延が収束しつつあり、私は平城山《ならやま》のふもとにある実家に向かっていた。夜に歌会を開くというので、日暮れごろに北の門から宮城を出ると、平城山の秋が目の前に広がっていた。染まり始めた紅葉、鹿の妻問う声、西の空の薄桃色。こういう時に人は歌を詠むのだろう、と私は道をわずかに外れて、岩に腰をかけて頭を巡らした。

「鳴く鹿の」違う。「秋来りなば」違う。「燃えるもみじ葉」違う。「暮れる空」違う。何もかも違う。悲しくなってきた。詠めない。だいぶ陽が傾いてきたので私は諦めて歩き始めた。

日の沈む方には御陵の黒々とした影が横たわっていて、背筋が寒い。陽は思ったより落ちるのが早く、足下もおぼつかなくなってきた。古い社の鳥居が真っ黒な口を開け、奥に鎮まる社殿の白い幣が秋風に揺れて来い来いと手招きしている。

「もしもし？」

と呼ばれて振り向くと、松明の明かりがぼうっと浮かび上がった。私は飛び上がりそうなほど驚いた。

「オレだけに見えてたりして。あのー、生きてる人？」

若い官人だった。向こうはむしろ私に驚いたらしい。

「人です」

と言うと、ぶしつけに私の顔を松明で照らした。男は、よかった、と言いながら、

「老婆心ながら、こんな夜道を女性一人で歩くのは危険ですよ。特に平城山は盗賊がうようよしているんだから」

そう言って足下を照らしてくれる顔をちらりと見たら、冠に切り取られた顔立ちはきりりとして柔らかく、狐が貴公子に化けて出たような。

「すぐそこの家ですので」

と私が言うと、

「ああ、じゃあ行き先はいっしょかな。あなたも笠さんの歌会？」

合点がいった。父の歌仲間なのだろう。この頃はこんな若い人も呼んでいるのか。

「歌はまだ勉強中です。ありがちな歌しか詠めなくて」

私はそう言って、男と肩を並べて歩いた。男性とこうやって歩くのは初めてだった。

「歌の習い始めはそんなものじゃないかなあ。いろんなものを見て、いろんな経験をして、それを噛んで飲み込んで消化したら、自分の言葉がどんどん湧いてくるはずだよ」

彼の横顔の向こうには、生駒山《いこまやま》の稜線が残照の中に浮かんでいた。美しいと思った。

「これほど美しい風景を見たら、何か詠みたいとは思うんですけれど」

すると男は、

「風景が美しいだけじゃ詠めないよ。例えば、その風景を以前はどんな気持ちで見たのか、今はどう違うのか、誰と見ていたのか、その時悲しかったのか、嬉しかったのか、つまり、自分を特殊な気持ちにさせてくれるものでないと。風景じゃなくて、風情を詠むんだ、情、つまり心だよ。どんなに美しい風景を見ても、心が空っぽだと詠めない」

心が空っぽ。優しい口調で厳しいことを言う人だ。

「お若いのに、歌をよくわかっていらっしゃるんですね」

そう言うと、男はいやいやまだまだと首を振る。そのしぐさがなんとなく私たちの距離感を縮め、お名前は、と聞いてしまった。

「失礼しました、内舎人《うどねり》の大伴家持《やかもち》といいます」

私は合点がいった。新進気鋭の歌人ではないか。名前だけは聞いていたけれど、暗いインドア青年を想像していた。

「私もお名前を聞いていいですか」

ずいぶん気軽に聞いてきた。え、それは、と戸惑っていたら、

「いらつめさまー」

と声がした。家の侍女が松明を掲げて小走りでやってきた。

「遅いのでお迎えにあがりました。ご主人さまが心配してらして」

その言葉に家持氏は、

「え、それじゃああなた、笠さんの」

名乗る前に身元を知られた。

「なんだか偉そうなこと言って、釈迦に説法でしたね」

侍女は私と家持氏を見比べて、

「ああ大伴さまがご一緒でよかった。本当に最近は物騒で」

ニヤニヤしていた。たぶん私より二つほど年上、どうして意識せずにはいられようか。

月に一度、十六夜に我が家で歌会が行われ、そこには必ず家持が出席することを知り、私

はがぜん和歌に張り切りだした。皇后宮にいても写経もそっちのけで古い歌集を取り出したり、次の歌会の歌をひねり出したりしていた。

「かっぺちゃん」

あのお忍び以来、光明子は私をそう呼ぶようになった。その日もその名で呼ばれ、薬草を煎じるグループに入れられた。施薬院では追いつかないので皇后宮でも手助けするのだという。私が見よう見まねでゴリゴリと薬草をすりつぶしていると、隣にすっと誰かが座って手伝ってくれていると思ったら、光明子だった。ギョッとして、

「お手にお怪我をされたら大変です」

と言うと、別に平気、と白くほっそりした手で作業を続ける。そう言えば聞いたことがある、光明子が藤原氏の氏寺である興福寺の五重塔を建立する際に自らもっこを引いて土を運んだ、と。私はあえてあどけない質問をしてみた。

「皇后さまはとてもお偉い方なのに、どうしてここまで自分のお手を汚すのですか」

光明子は手を止めずに言った。

「お偉い方？　そうね、皇后さまだものね」

その言葉には自嘲が込められていた。

「でも私には一滴も皇族の血が流れていないの。父は不比等だし、母は犬養三千代《いぬかいみちよ》。これまで皇族でない人間が皇后になったためしはないのに、どうして私が皇后になれたかわかる？」

薬をすり潰す石棒に力が込められていた。

「兄たちのゴリ押し。それだけ」

ここで安易に相槌は打ってはいけない。

「聞いているだろうけれど、私は藤原氏待望の皇太子を死なせてしまった。そのせいで、兄たちは私自身に権力を集中させようと思ったのよ。そうでないと、犬養広刀自《ひろとじ》が生んだ安積《あさか》皇子が皇太子になってしまう。藤原氏は尻つぼみ」

気軽にした質問が、思いがけず重すぎる話を引き出してしまった。

「でもね、私は自分を、皇后という政治家の一人だと思うことにしたの。ふつうの妃たちは天皇の寝所に侍《はべ》って子を産むだけかもしれないけれど、皇后は政治家よ。推古天皇も、持統天皇も、もともとは有能な皇后だった。私は天皇にはなれないけれど、天皇の右腕として社会の役に立つしかない。そう思わないと、やってられない」

私はいつも何かに追われているような光明子の表情の理由が初めてわかった。

「それに写経でも土運びでも薬作りでも、体を動かしている方が、社会のために何かしている、っていう実感がある。余計なことを考えなくて済むし」

地位の高いことが、幸せということではないのですね、という言葉を私が飲み込んでいたら、ほら、かっぺちゃん手が止まってる、と怒られた。

「それにね、積善と言う言葉、知ってる？　善を積み重ねれば、子々孫々まで祝福されるというの。私がこうして皇后になれたのはご先祖さまの積善によるものなら、私も善を重ねて、次の時代に恩を送っていかないとね。もらいっぱなしじゃ悪いわ」

気づくと私は皇后さまを宝塚の男役スターを見るような目で見ていた。誰よりも高貴な身分で美しいお姿なのに、ちょっとやさぐれていて、実はよく考えていて、筋が通っていて。そして去り際に、聞いてくれてありがと、と肩をポンと叩くなんて。私は歌会にのめり込みつつあったのに、光明子の信念のために我が身を捧げよう、とこの時決意した。

でもやっぱり若者の決意なんて羽毛より軽かった。光明子のために、と日夜走り回っていたある日、宮中の自分の小部屋で休んでいると、トントンと扉が叩かれて、年の近い女官が、これ頼まれた、と小さな木簡をくれた。

「かっぺちゃん、やるじゃない。外で文使いが返事を待ってるわよ」

灯火に近づけて見入ると、
振り放《さ》けて三日月見れば一目見し人の眉引《まよび》き思ほゆるかも
——ふりあおいで空の三日月を見れば、一目だけ見たあなたの引き眉が思われることです。

「夜道の思い出忘れがたく」と書き添えてある。家持だ。胸がどくんどくんとして、部屋をぐるぐる歩き回った。気の利いた歌を返さないと、返さないと、と思っても頭がまとまらない。どんなに好きでも、歌ではまず、そっけなく、突き放すこと。それが恋歌のルール。ええと、つまりクールビューティな、いたずら子猫のような私を演出せねば、とグズグズしていたら、またトントン。文使いの督促かと思って扉を開けると、家持がいた。

「人目に付くので」

とすばやく暗い部屋に入り込むのを見て、私は三輪山の神さまがやってきた、と思った。夜な夜な活玉依毘売《いくたまよりびめ》のもとに忍んできた男が、実は三輪山の大物主神《おおものぬしのかみ》だったというお話。こんな風に暗闇に乗じて、おそらく巫女だった姫君のもとに通ったのだろうか。私は胸がいっぱいで声も出ず、自分の髪や服に乱れがないか気になったが、すぐに抱きすくめられて、化粧も衣裳もむちゃくちゃになったのだった。

　奥山の岩本菅《いわもとすげ》を根深めて結びし心忘れかねつも
――奥山の岩のもとに生える菅の深い根を結ぶように、私たちは結ばれてしまった。もうこの恋に囚われてしまったみたい。

　それ以来、私は家持の訪れをひたすら待った。逢えた日はただ体を貪りあって、逢えない日は誰とも口をきく気がしなくて、私は完全に家持という存在に支配されていた。せっかく私の働きぶりを認めつつあった光明子も「最近のかっぺちゃん、スペック低い」と不満を漏らしていた。私のかつての高邁な精神は吹っ飛んでいて、家持に逢える宵だけを待つ日々になった。

「大丈夫？　あの人、奥さんも子どももいるし、他にも通いどころがずいぶんあるそうよ。のめり込むと泣くことになるんじゃない？」

最初に家持の手紙を取り次いでくれた同僚が、宮中ですれちがいざまにささやいた。嫉妬しちゃって、と私はせせら笑った。他の女官たちの部屋にも貴公子たちはよく通っていたけれど、この子に通い人はいない。

「あらご忠告ありがとう。モテる人と付き合うのってたしかに大変なのよねぇ」

私は実に感じ悪かったと思う。恋に水を差されたことにイラだったのだろう。同僚はムッとして、あまり口をきいてくれなくなった。それから私と家持の噂が宮中で静かに広まっていったのは、彼女のせいなのかもしれない。それと同時に、家持の訪れは急に間遠になった。待てど待てど来なかった。私は歌を何度も送った。そういえば父に、このごろ歌がうまくなった、ハナの顔がよく見える歌になってきた、と言われていた。

恋にもそ人は死にする水無瀬川《みなせがわ》下《した》ゆ我《あれ》痩《や》す月に日に異《け》に
――恋にこそ人は死ぬのね。水無瀬川が地下を流れて表には現れないように、誰にも知られない想いのために私は日ごとに痩せていくわ。

朝霧のおほに相見し人ゆゑに命死ぬべく恋ひわたるかも
――朝霧のようにぼんやりとしか逢っていないあなたのせいで、死んでしまうほど恋い慕い続けているの。

私はずいぶん暑苦しい歌を送っていた。順風満帆のときはさほど歌は詠まなかったのに、訪れがなくなったとたん、言葉が次々とあふれてくる。むしろ詠まないと私は想いに押しつぶされて、ほんとうに死んでしまうような気がした。しかし返事はなかった。三輪山の神さまも正体がバレたらもう訪れなくなったというけれど、私たちの関係も公然のものになったから、あのひとは来ないのだろうか。三輪の神さまは蛇体だった。家持も、あの平城山の逢う魔が時に出会った、足のない蛇《じゃ》の人であったのかもしれない。

伊勢の海の磯もとどろに寄する波畏《かしこ》き人に恋ひわたるかも

——伊勢の海の磯に音を轟かせて寄せる波のように、恐れ多い人に恋をしてしまったものね。

私はそれでも諦めなかった。「え、またあ?」と文使いに言われるほど歌を送り続け、用のあるふりをして彼の職場の中務省《なかつかさ》のあたりをうろついたり、平城山から彼の家のある佐保《さほ》の里あたりに湿り気のある視線を送り続けたり、「奥さん」なる人物を探らせたり。気づくと私は、薄い木簡を人の形に削り、筆で目やら鼻やらを描いていた。そして胸のあたりに小さな竹ひごをグッと差し込もうとしたとき、「かっぺちゃん、皇后さまがお呼びよ」と部屋の外から声がかかった。我に返り、とっさに火鉢に人形を投げ入れた。めらめらと燃えていく人形は、私そっくりだった。「奥さん」のつもりで描いたのに、火鉢の中の人形は、業火に焼かれる私そのものだった。

春が過ぎ、夏も過ぎて、秋を迎えるころ、家持の周辺を探らせていた侍者が私の耳にささやいた。家持の「奥さん」が亡くなりました、と。私は心の曇り空がパッと晴れていくのがわかった。私のもとに来られなかったのは、奥さんの病気のせいだった。そうだ、奥さんの病気療養中に外の女と会えるわけがないし、そんな非情な男なら惚れていないもの、と家持の態度を正当化していた。奥さまが亡くなったということは、私が単なる通いどころの一つではなく、正式な妻となる可能性だってある。私は宮中の柱でポールダンスを踊りたいほど浮かれた。

しかし、ほどなく例の同僚がまたすれ違いざまにささやいた。

「あなたの恋のお相手、正妻を迎えたんですってね」

私はまたせせら笑いをして、

「ああ、亡くなってしまったけれどね」

と言うと、

「あら、亡くなったのは正妻じゃないわよ。それとは別に、正妻をお迎えになった、って、聞いてないの？」

足下がすこんと抜けて奈落に落ちていくような感じがした。

「ほら、彼の叔母の大伴坂上郎女《さかのうえのいらつめ》のお嬢さんなんでしょう？」

私は、知ってるわよ、と語尾にかぶせた。

「あらそう、これは余計なことを」

同僚は去り、私はその場に立ち尽くしていた。私との噂がこれほど広がっているのに、彼は正妻を迎えた、正妻を迎えた、正妻を迎えた——

私は光明子のもとを退出して実家に戻ることにした。すべてを清算するような態度を見せていたが、本音では、ここにいてもきっともう彼は来ない、むしろ父とのつながりが強い人だから、実家の方が会える、そんな気がしたのである。会えれば本当のことが聞けるだろう。正妻なんてウソだよ、とか、叔母との関係でどうしても妻にせざるを得なくてね、とか、真実に好きなのはあなただよ、と彼の口から言ってほしかった。

荷物をまとめ、いつまでということなく退出することを光明子に伝えると、

「兄たちもいなくなったのに、かっぺちゃんもいなくなるの」

と力なく言った。藤原四兄弟と言われる光明子の兄、武知麻呂《むちまろ》、房前《ふささき》、宇合《うまかい》、麻呂《まろ》があいついで天然痘でこの世を去っていた。不比等亡き後の有力者であった長屋王を死に追いやったのは彼らの隠謀だったと聞いているし、光明子を強引に皇后にまで押し上げたのもこの四兄弟だった。しかし彼ら亡き後でも光明子が生んだ阿倍内親王が女性初の皇太子として立ち、藤原氏の安泰は図られていたように思う。

「大丈夫です。皇后さまには仏さまが付いていらっしゃいます」

消え入りそうな声で私は言った。あれほど光明子の福祉活動に共鳴したのに、たった一つの恋のせいで、ここにいることすらできなくなった。私をお許しください、と心で手を合わ

せて、私は実家に戻って言った。父はしぶしぶ私を迎え入れ、しようがない、どこか縁談を進めよう、と母と話していた。

私が宮廷を去った後、聖武天皇と光明子の仏教への傾倒は強まるばかりだった。かつて私も協力した一切経の膨大な写経事業も終わり、その奥書《おくがき》で光明子は「一切の衆生を救うために仏教を末永く天下に伝える」と明記している。さらに光明子は聖武天皇とともに河内の智識寺で「盧舎那仏《るしゃなぶつ》」を見て、大仏造立の夢を見始める。盧舎那仏は「華厳経《けごんきょう》」に現れる仏で、宇宙の真理そのものと言われ、その圧倒的な存在を物理的に表現しようと、智識寺のそれは高さ十八メートルもあった。

「日本という国を救うには、これくらい大きい仏の呪力がなければ叶うまい」

二人はそう考え、さらに大きな大きな仏を造立する計画を練り始めるのである。しかもこの寺名にもある「智識」という言葉。これは仏の功徳を得るために、浄財としてお金や労力を提供することを意味するが、これを集団で行うことを智識結《ゆい》といい、「みんなのための寺院や仏さまは、みんなの力で作る」という仏教の考え方だった。自ら体を動かすことを好んだ光明子も、おそらくこの思想に深く共感したのだろう。

そんな大仏構想を膨らませつつ、聖武天皇は都を恭仁京《くにきょう》*に移すことを宣言した。官人たちは移転作業に追われていたが、父は年齢を理由にこのまま平城の地に残ることを決めた。もちろん、あの人はこの旧都を出て行くに違いない。

放棄された都の跡で、私は老いた親と余生のように人生を過ごすのだろう。何もかも望みを失ったとき、ふいに家持が家にやってきた。二年ぶりの再会だった。しかし用は私にではなく、父にあった。恭仁京に移る前の挨拶と、四兄弟亡き後の最大の権力者である橘諸兄《たちばなのもろえ》より、古くから伝わる和歌をまとめたアンソロジーの編集責任者に任命されたのだという。私と家持のことを何も知らない父は、歌会のメンバーが歌人として最高の名誉をいただいた、と諸手を挙げて喜び、すぐに宴の準備をさせた。父は涙ぐんで、

「家持どの、あなたが編者に選ばれたのも嬉しいが、今回の編纂事業は元正《げんしょう》上皇の命だというではありませんか。和歌こそ我が国を代表する詩歌だと認められたということでしょう。日本にもこんなれっきとした詩歌がある、と唐にも堂々と言えるということですよ」

と熱く語っていたが、私はそんなことは深く考えず、宴席ではただ涙をぐっとこらえて遠くから家持を見据えていた。彼ははきはきと受け答えし、笑って、黙って、また笑って。

ちょっと失礼、と家持が立ったすきに、私はその背中を追った。暗い庭に面した渡り廊下で、私は声をかけた。

「あの」

家持は驚きもせずに振り向いた。軒先に掛けられた灯籠の灯りが彼の左半身を浮かび上が

らせた。晩秋のことで、虫の音もかすかに聞こえるばかり。

「もう、私のことなど、お忘れですよね」

我ながら卑屈な物言いだった。

「いえ、忘れていませんし、申し訳なさでいっぱいです」

「そうですか」

「すみません」

長い沈黙があった。言い訳をするつもりは一切ないようだ。これでは泣き叫ぶことも殴りかかることもできない。ただこういう結果になったという現実に二人は向き合っていた。男と女なんてこんなものなのだろうな、と思う。恋の始まりに理由はなく、終わりにもまた、理由なんかないのだろう。それでも、家持さま、私の心にはあなたが棲みついたままなのです。

「あなたは、ここに、平城京に残った方がいいです」

家持は出し抜けに言った。

「諸兄どのによると、天皇は難波にも都を建設しようとしています。機能別にいくつも都を作る唐に習ったのでしょう。でも天災に叩きのめされた我が国にそれほど国力があるとは思えない。しかも途方もない財をつぎ込んで、大仏も作ろうとしている。おそらく国庫は底をついて、元あるインフラ、つまり平城京に戻ってくると思います」

じゃあなたも戻ってきますね、と言いそうになって、口をつぐんだ。この人の前でもう格好悪いことはしたくなかった。

「時々、歌を送ってもいいですか」

やっと言えたのは、意外にそんなセリフだった。家持はにっこりと笑って、

「ああ、ぜひ。あなたの歌はとてもおもしろい」

「おもしろい?」

「ええ、特に、あれ、私は暗記してしまいましたよ」

と言って、家持はかつて送った私の歌を妙な節回しにしてうたった。

「君に恋ひいたもすべなみ奈良山の小松が下に立ち嘆くかも」

あなたが恋しくてどうしようもなくて、平城山の小松の下にたたずんで嘆く私――ああ、いつか本当に思いつめて実家の平城山から彼の住む佐保の里を眺めて送った歌。

「あれ、ふふふ、ストーカーですよ。見られてる、とゾッとしましたから」

私もつられて、ふふふ、と笑って、見てましたもの、と答えた。家持はふと真面目な顔になって、

「ここであなたを期待させる言葉はどうしても言えません。ただ歌人として、あなたの歌とはずっと付き合いたいと思っています」

心の澱が水のようにサラサラになっていくのがわかった。このつらい恋で一つだけ得たも

のがあったとするなら、歌だ。私は歌を詠めるようになっていた。この宝物があれば、だれかに寄りかかって生きるなんて、誰かの気持ち一つに人生を委ねるなんて、そんなぶざまなことをせずに済むような気がした。

私は部屋に戻って木簡に歌を書いて、帰り際の家持に送った。

相思はぬ人を思ふは大寺《おおでら》の餓鬼の後方《しりえ》に額《ぬか》づくごとし

――両想いでない人を思い続けるのは、大寺にあるしょうもない餓鬼のお尻に額ずいて拝むようなもの、無駄なだけ。家持は、笑ってくれているかな。

家持の言う通り、都は恭仁京、難波京*、紫香楽宮《しがらきのみや》*、と転々したのち、わずか五年で平城京に戻ってきた。「結局どの都がいい？」と民衆にアンケートをとったところ、ダントツで平城京だったと言う。アンケートだなんて、光明子が思いつきそうなことだ。「みんなで」が口癖だった光明子。理想のために行動する人だったけれど、今回の遷都騒動は首をフリフリ付き合ったのだろうと思う。でも大仏に関しては光明子も諦めなかった。紫香楽宮で大仏を企て、それも結局挫折したけれど、平城京に戻って金光明寺《こんこうみょうじ》（のちの東大寺）で造立を再開させている。そして彼女の大好きな「みんなで」の言葉どおり、聖武天皇は「一枝の草、一把の土でも持ち合って、みんなで大仏を完成させよう」と呼びかけた。そして造立には「智識」集団のリーダーであった行基が責任者となったと言う。かつては流民などを集めて民衆を妖惑する邪宗の輩として弾圧されていたのに、架橋や墾田開発、貧窮者の救済などの社会事業で圧倒的な民衆の支持を得ていた。おそらく、光明子が認めたに違いない。

都が平城京に戻った翌年、家持が国司として正妻とともに越中に旅立ったと聞いて、少しだけ心がざわついた。かつての私ならすべて投げうって追いかけたかもしれないけれど、もうそんな餓鬼のお尻に礼拝するようなことはしない。なぜなら還都の際に皇后宮を法華滅罪《ほっけめつざい》之寺にして、国の尼寺のトップにしたと聞いたためである。年を重ねた私がもう花形の女官として光明子の元に戻ることはできなくても、尼となって法華寺に入ることは許されるだろう。そして案の定、墨衣《すみごろも》をまとった私を光明子は「あら、かっぺちゃんおかえり」と迎えてくれた。

ただ一つ心配なのは、家持が例の『万葉集』というアンソロジーに、私が送った数々の暑苦しい和歌を載せたりしないだろうか、ということ。あれは私の過去の恥部。だけどひそかに、私の誇り。

# おもろい女たち

## 清少納言《せいしょうなごん》

生ひさきなく、まめやかに、えせざいはひなど見てゐたらむ人は、いぶせくあなづらはしく思ひやられて、なほ、さりぬべからむ人のむすめなどは、さしまじらはせ、世のありさまも見せならはさまほしう……

（『枕草子』二一段）

（先々のことも考えないで、平凡な結婚して表向きの幸せだけに満足しているような人はクソね。やはりそれなりの身分の娘は世間に出して、世の中の本質をちゃんと見せないと）

涙はもう出尽くして、喪服をまとった私たちはぼうぜんとしていた。私たちの主人である中宮定子《ちゅうぐうていし》が亡くなった。一条天皇との間にできた三人目の子を無事産み落としたものの、胎盤が下りてこなかった。時間が過ぎてみんな恐ろしく思い、定子の兄の伊周《これちか》が顔をのぞき込むと、もうすでに息がなかったという。

「いったい産婆はどういう処置をしたのやろ、ほんま素人ちゃう？」

「ぜったい他にやりようがあったはずやわ」

「物の怪やって。だれかが呪詛したんやわ。今回の妊娠を妬んで」

「道長《みちなが》派しか考えられへん。娘の彰子さまが入内したタイミングやし」

「せやろな」

堰を切ってしゃべり出した女房たちはじろりと私を見た。私は膝で立って猛抗議をした。

「あんたらほんま、けったくそわるいな。まだそないな根も葉もない噂信じてはるの。うちは神仏に誓って道長派ちがいます。呪詛も知りまへん」

「何も言うてへんやろ、ゴンちん」

「言わんでもわかるわ。うちは何にも知りません。だいたいうちが宮さまのことがどんだけ好きやったか、ほんまに、どんだけ好きやったか、見てたらわかるやろ。宮さまがネタを振れば食らいついてでもレシーブしたのはうちやし、うちがボケるとまっ先につっこんでくれはったのは誰や、宮さまや。これは愛やろ、愛……」

涙があふれ返って、私はそれ以上何も言えなくなった。女房たちは一瞬静まりかえり、やがて絶望だけが部屋を支配していった。

「うちら、これからどないなるの」

誰かが代表して心の内を吐露した。ここは中宮大進《だいじん》・平生昌《たいらのなりまさ》の家。定子は一条天皇の皇后であるのに、いまいち設備の整わない中宮付きの役人の屋敷で二度も出産した。ここにいる女房の誰がこんな境遇を想像しただろう。かつての定子は一条天皇から誰よりも愛され、太陽のように輝いていた。

定子の父、道隆《みちたか》は藤原氏の氏長者《うじのちょうじゃ》として関白に就き、中関白家《なかのかんぱくけ》として他を圧する存在だった。道隆は人柄もよくユーモアあふれる人で、彼のまわりはいつも賑やかだった。定子の御所にやってくると盛んに軽口をたたいて人を笑わせていたし、すべて受け入れる優しさ、包容力にみんなが安心していた。しかし酒を飲むといけなかった。道隆は根っからのパーティーピーポーで、夜な夜な酒をあおり、笑って笑わせてどんちゃん騒ぎを続けていたら、あるときから水ばかり飲むようになって、激ヤセしていった。糖尿病であったらしい。

「極楽に行ったら、死んだ済時《なりとき》や朝光《あさてる》とまた飲めるやろか」

これが最後の言葉だった。

彼亡き後、だれが関白の地位に就くのか。道隆は長男の伊周が後継するように一条天皇に奏上していたが、この男子、ちょっとおっちょこちょいというか、幼稚なところがあって人望ゼロ。しかも「関白は次第のまま（兄弟順で）」というルールもあったため、道隆の弟、道兼《みちかね》に関白の宣旨《せんじ》が下されたのである。ところが道兼は宣旨から七日目に疫病で死んでしまった。そこで望み薄だった末っ子・道長に関白の地位がポロリと落ちてきたのである。

「いやあ、どないしよ。ええのかなボクで？」

と頭を掻いているのは演技。というのも、道長の姉で一条天皇の母后である詮子がこの末っ子を溺愛していた。一条天皇が道長に関白の宣旨を下すことを渋ると、詮子は天皇の寝所まで押し入って泣きの演技で訴え、ついにウンと言わせたのである。詮子は涙で化粧がドロドロに落ちたのも気にせず道長にその結果を知らせたところ、道長はその顔をみて、

「ほう、決まりましたか。ところであなたどなた?」

と言ったとか言わないとか。さて、ムカついたのは関白になり損ねた伊周。道長と人前で大げんかしたり、呪詛したり、しまいには花山《かざん》上皇が自分の愛人のもとに通っていると思い込んで弟の隆家《たかいえ》とともに上皇に矢を射掛けた。ところが上皇が通っていたのは伊周の愛人の妹で、矢を射られる理由なんてなかった。公卿たちはこれを聞いて吹き出して「アホぼんがやりそうなことや」と囁いていたが、上皇に矢を掛けるのは言語道断の不敬行為。ということで、兄弟は流罪となった。

父が死に、兄弟が流され、残された定子は失意のあまり自分でハサミを持って髪を下ろして出家してしまった。ところが墨染の衣をまとうお腹には一条天皇の初めての子がいた。入内七年目、道隆が生きていればどれほどの祝杯をあおったことだろう。しかし出家の身の懐妊は公卿からは歓迎されなかった。さらに彼女を火事が襲う。二条邸から焼き出された定子は母方の高階《たかしな》家に身を寄せるものの、母の貴子が心痛のあまり病を悪化させて亡くなる。

もしかしたら定子はこの頃、一番私にいっしょにいてほしかったかもしれない。いっしょにいて、いっしょに笑ってほしかったかもしれない。それなのに私はずっと実家に潜んでいた。逆境続きでみんなが疑心暗鬼になっていた中宮御所で、私が道長と通じているという噂が立ち始めていたためだった。でも本音は、凋落する定子の姿をこれ以上見たくなかったのである。

今でこそ、あっちでベラベラ、こっちでベラベラ、何かあったらハイハイハイと手をあげる私だけれど、出仕した頃は緊張と恥ずかしさで常に汗だく、なんだかもう死にそうだった。私は決して美人ではなく、人前に顔をさらすことに強い抵抗があったし、ましてや若く美しい定子に顔を見せるなんて不敬、無礼、お目汚し、と思っていた。それで昼には出仕せず、夜にようやくのそのそと御前に出たが、それでも几帳《きちょう》の影に隠れてさらに扇で顔を隠していた。ところがあのアホぼん伊周が私の扇を隠して、私の知識を試すような質問をしてくる。あのとき、定子はかばってくれたっけ。そのあと、

「ねえ、うちのこと好き？」

と定子は聞いた。私はドキリとして、

「もちろんです」

と答えた瞬間、向こうの方で誰かがでっかいくしゃみをした。くしゃみは昔から悪いことが起きる前兆。定子は、

「誰かがくしゃみしたゆうことは、今のはウソやな。もうええわ」

プイと行ってしまった。私も含め、その場にいた女房たちは爆笑。最高のタイミングでくしゃみをした本人はキョトンとしていたが、私は笑いの神が降りてきた、と思った。そしてなんとなくこの御所の空気が私には読めてきた。面白さが最優先されるのである。それなら私はいける気がした。父の元輔《もとすけ》も人を笑わせるのが好きだったせいか、私も笑いに対しては

貪欲だった。御所でのお仕事も、まずはちょっとふざけてみてから本題に入れば、ややこしいこともスッと通ったりする。道隆が軽口を叩けば私がおどけて反論し、そこに定子が茶々を入れて、中宮御所には笑い声が響きわたった。

それなのに妊婦の定子が高階家で打ちひしがれている間、私は実家で耳を閉じ、目を閉じていた。再三定子からは出仕するように使いが来ても、不幸な定子など見たくなかった。ある殿上人が高階家の定子を尋ねると、庭は荒れ放題だったという。「草を刈らせたらどないです」と女房に言うと、

「宮さまが草に露を置かせてご覧になりたいと申しますので」

と答えたという。草を刈る人を雇えなかったら、草の露を愛でればいい——こんなひどい状況でも定子の背筋はピンと伸びて、いつも詩情を忘れない人だった。そのうちまた定子の手紙が届いた。開けてみると紙の中に山吹の小さな花びらが一枚包まれていて、そこには「言はで思ふぞ」と豆粒よりも小さく書いてある。古い歌の一句だった。「心には下行く水のわきかへり言はで思ふぞ言ふにまされる」——心ではたくさん思っているのだけれど、口に出しませんん。ベラベラ言うよりも、私の気持ちが伝わるでしょう？

ゴンちんばかりを贔屓するわけにはいかないから、あまり口にはしないけれど早く帰ってきて、と言うことなのだろう。しかも人目を避けてか、こんなちっさい花びらに——私は定子のこういうセンスが本当に好きだった。そして再び定子の元に戻ったのだった。気恥ずか

しくて几帳に隠れていたら、定子は「あら、新人さん？」とからかう。すばらしい手紙をいただいて、と涙目で伝えたら、

「ああ、あの歌ね。うち、ほんまは好かんの」

私は、ぶほ、と笑った。そりゃそうだ、言葉にしなければ伝わらない、どんどんしゃべっていこう、というのが定子の考え方だった。


「ほんで、ゴンちん、あんたはどないする？」

喪服の私たちは、生昌の家で自分たちの出処進退について考え込んでいた。私は一応身を寄せる家がなくはない。私には二人目の夫がいた。定子のもとに出仕する前、私は橘則光《のりみつ》との結婚に失敗して、藤原棟世《むねよ》と子連れ再婚していた。二十歳も年上だったけれど、娘も生まれた。そんな私に出仕の話がきたとき、私は恐る恐る「出てもええ？」と聞いた。

「今をときめく中宮さまのとこですやろ。ええ話やないの」

とあっさり言うので、

「宮仕えしたら、大勢の前に顔出さなあきまへんけど、それでもよろし？」

「人に見せて減るもんでもなし。私は賑やかにしてるあんさんを見るのは好きや」

そう言ってくれた。彼が摂津守《せっつのかみ》に任じられたときも、私は宮仕えが楽しくてしようがない

時期だったから、一緒にはいけないと言ったら「別にええよ」と言って、娘だけを連れて旅立った。だから定子亡き今、私は摂津に行って棟世のために生きるのが最善なのだろう。だけど私には、都に残ってやるべきことがあった。

「うちは、草子をまとめる」

そう同僚たちに言うと、歓声が上がった。そして一番仲よしだった馬命婦《むまのみょうぶ》、愛称ムマ子という女房が、

「ゴンちん、書いてや、宮さまのこと。このままで終わらせたらあかん。ちゃんとあんたの筆で、宮さまを生かしたげて」

と、私の手を取った。みんながまた泣き出した。そうだ、私は書く力を認められて、定子から紙をいただき、中宮御所でのあんなことこんなことを折々に書き置いて、定子に見せたり、女房たちが回し読みなどしていた。それをきちんとまとめたいと思ったのである。

「あんたの自慢話はいけ好かんときもあるけどな、あんたのあのコミュ力こそ、うちの御所の華やったのは確かや」

ムマ子がそう言うと、さっきまで意地悪そうに私を見ていた他の女房たちも、

「そう、あれは傑作やったわ。香炉峰《こうろほう》の雪事件」

「あはは、あれね、宮ゴンコンビの真骨頂やな」

そう、あれはいつだったか、雪が高く降り積もっていた日、私たちはあまりの寒さに御所

の格子を下ろしきって炭櫃《すびつ》の炭をカンカンに燃やし、頭を付き合わせておしゃべりしていた。

するとと定子が、

「ゴンちん、香炉峰の雪とはどないなものやろ」

と言った。私はハハーンと思い、すぐに立って行って格子も御簾も上げたのだった。みんなはハッとして、それからブラボーと声を上げた。香炉峰とは唐の山の名前で、白居易《はっきょい》が漢詩で「香炉峰に積もった雪を、御簾を上げて眺める」と詠んだのを踏まえて定子は質問した。私はその内容通りに御簾を上げたのである。つまり定子は「あんたらステキな雪景色も見んと、格子までピターと下ろしてガチガチ寒がって、この御所の名が廃れます。オシャレは我慢、粋は忍耐。多少寒うても雪を愛でる心がのうてどないするの」と言いたかったのだ。

「そうやなあ。ゴンちんが気取り屋の殿上人たちと機転の利いたやりとりしてくれはったおかげで、うちとこの御所はおもろい女房がいるて評判になったんやわ」

ムマ子がそう言うと、他の女房たちが口々に大好きな悪口をしゃべり出した。

「せやん、関白道長の彰子さまのとこなんて、あれだけたいそうに入内して、世の中の珍しい本をようさん取り寄せて帝の気を引いたりしてはったのに、彰子さま付きの女房の評判はさっぱりや」

「それはあれやろ、うちの宮さまがすでに中宮でいらっしゃるのに無理やり彰子さまも中宮に立てはって、ほんま前代未聞の強引なことをしはったせいやろ」

「ちゃうのよ、それが。うちの夫がゆうてたけど、関白さまが彰子さまの女房に良家のお嬢さまばっかり揃えたせいで、取り次ぎを頼んでも誰も出てきいひんて。顔見られるのが嫌やねんて。もう一事が万事そんな感じで。アホか、なんのための女房や、ゆう話」

「歌も詠まへん、ノリも悪い、逃げ回る」

女房たちはケタケタと笑った。ムマ子が、

「うちの宮さまはそういうの一番嫌がらはった。宮さま自身、興が乗ったら端近くまでおいでになることもあったし。あんなお方はもう宮廷に現れへんわ、なあ、ゴンちん」

泣きながら笑うムマ子に私は言った。

「うん。帝も、一緒にいて飽きひん人や、て、いつも笑てはった」


定子のオープンな性格は、道隆の陽気な性格はもちろん、母の高階貴子の影響もあった。道隆ほどのええとこのボンは、通いどころはさまざまであったとしても、正妻には相当高い家柄の深窓のお嬢さまを据えるのが常識だった。ところが道隆が選んだのは、円融《えんゆう》天皇に「高内侍《こうのないし》」の名で女房として仕えていた貴子。彼女は当時としては珍しく女性の身で漢学を修めていて、男たちに交じって漢詩の会にも出席するほどの才媛だった。つまり道隆はバリバリのキャリアウーマンを選んだのである。

「あれだけ人前に出て漢詩を読み散らかす女を正妻にするて、なんかの罰ゲームやろか？」

「きっと漢文のラブレターやで。おっそろし」

「女好きがちょっと変わったもん食べとなっただけや。かわいそうに高内侍もすぐに飽きられる」

など散々に言われていたが、道隆はちーとも気にせず、

「しゃべっておもろい女がよろしおすやん。家に籠もってる女とは共通の話題があらしませんもん」

と言って、カラカラと笑っていたという。そして二人の間に伊周、定子、隆家、隆円《りゅうえん》が生まれた。

私と貴子さまはちょっと似てるな、と思う。もちろん貴子さまの方がずっと身分は上で、お父さまは従二位まで上った学者肌の方であったのに対し、私の父・元輔は従五位止まりの受領《ずりょう》（国司）ふぜいだったからおいそれとは比較できないけれど、私も小さい頃から漢詩の方が好きだったし、どこかの紫式部みたいに漢才を隠すのもナンセンスだと思っていた。本当は知識があるのにわざわざ隠そうとするなんて、まるで自分が魔法少女であることを隠して一人でソワソワしている物語のヒロイン気取りでぞっとする。彰子付きの紫式部がどうも私のことを「賢そうに漢文を書き散らしているけれど、全く勉強不足」と陰口を叩いていたらしいけれど、そもそも社交の場で完全な漢文を書く方が愛嬌のない話だ。私にとって漢文

なんて会話の道具。古歌なんか踏まえるよりも知的だし、ブロークンに使った方がクールだ。肩に力が入りすぎちゃうの、とアレに言ってやりたい。あんた、真面目で暗いねん、と言ってやりたかったけれど、宮廷ではついに会う機会がなかった。

そもそも我が清原家は和歌の家だった。父の元輔も曽祖父の深養父《ふかやぶ》も歌人として名を轟かせた人で、元輔はもう読めなくなってしまった『万葉集』を解読したり『後撰《ごせん》和歌集』を編纂したスーパー歌人戦隊「梨壺《なしつぼ》の五人」と言う、和歌のプロ集団に属する人だった。そのせいで娘の私まで「和歌が詠めて当たり前」のような目で見られた。定子の御所に出仕することになったのも、「元輔の娘」であることが理由であったらしく、和歌を期待されるなら出仕はお断りや、と思っていたけれど、私の宮廷に対する好奇心の方が優って結局ここにいる。でも私の和歌嫌いが治ることはなかった。

あれは五月雨の頃、御所ではなかなか鳴かないホトトギスが北の松ヶ崎のあたりでは売るほど飛び交って盛んに鳴いている、というので、定子の許可をもらって同僚と私と四人で牛車に乗って向かったのだった。ただし定子は「必ず和歌を詠んで私に聞かせるように」という課題を出した。私は内心うへえ、と思ったけれど、誰かが詠むやろ、と軽い気持ちで出発した。ところが、行った先のご接待でうまいワラビを食べたり、牛車を卯の花だらけにして注目を集めるのに熱中したり、貴公子をからかったり、私たちは快楽に身を投じてしまった。おかげで土産話はたっぷり用意できたものの、一首も詠めていない。珍しく定子は怒った。

顔を赤らめてプンスカ、「今すぐここで詠みなさい」というけれど、そんなに簡単には詠めない。

「宮さま、何事も旬というものがありまして、これほど時間が経ってしまいましたらもう鮮度ゼロ、大したものは詠めしまへん」

と開き直ったら案の定、火に油を注ぐことになった。私はもう正直に言うことにした。

「私だって普通の歌なら詠めます。三十一文字も数えられます。ですが、私は元輔の娘ゆうことで、ええ歌を求められるのがつらいのです。え、これがあの元輔の娘の歌？　えらいふつーやな、平凡やなー、て言われるのがつらいのです。先祖が泣きます。これ以上、和歌を詠め詠め言われたら、私はもうこの御所にはいられしまへん」

ここまで言ったら、定子はほだされて「和歌免除」を私に下してくれた。優しいひとだった。

定子亡き今、私たちは荷物をまとめてぞろぞろと生昌の家を出た。一月のことで、吐く息は白かった。ひとまず実家に帰って今後を考える人、すでに別の就職口を見つけて再び出仕する人、夫について地方に下っていく人、行き先はそれぞれ。立ち去る際に、私たちは東山の鳥辺野《とりべの》*のあたりを見渡した。定子は昨日のうちに鳥辺野の一角に埋葬された。土葬を希望したため、火葬の煙を眺めて定子を偲ぶことはできなかった。

「高貴なご身分やのに、宮さま、火葬はいやや、て」

「うん、熱いの怖い、て」

「炭櫃でやけどしたとき決心したんや、て」

ぶ、ぷぷぷ。半泣きしていた女房たちが吹き出して、定子組は解散となった。

私はトボトボと父の旧宅に向かった。すでに親類のものになっていたけれど、里帰りの際に使わせてもらっていたので、今回も当分間借りするつもりで上がった。

私はさっそく父が使っていた文机《ふづくえ》を出して、定子からいただいた純白の紙を置いた。ああ、私は、本当に白い紙が好き。いつだったか、私は定子に、

「つらくてどうしようもないことがあって、もう地獄でもどこにでも行ってしまいたいて思いましても、ええ筆とまっさらな紙があったら、まあもうちょっと生きてみよかな、て思いますの」

と言ったら、「簡単やねえ」と定子は笑ったのだった。

私は白い紙に頬ずりをして、さあ何書かせてくれるん？　と甘えた声を出してみる。それからおもむろに硯に墨を擦って、その匂いをすうっと嗅いで、筆にちょいちょいと墨をつけたら、純白の世界が色鮮やかな世界になって立ち上がってくる。

「春はあけぼの」

ほら、筆が踊ってる。

「やうやう白くなりゆく、山ぎは少しあかりて」

墨一色が、形を、色を、世界を作り出す。

「紫だちたる雲の細くたなびきたる」

素晴らしい朝の一瞬が、書くことで永遠に私のものになる。なんて自由！

私がどうしても和歌を好きになれなかったのは、この自由さがないせいだ。私が体験したことをなぜ五七五七七なんて限られた文字数に押し込めなければならないのだろう。

「十八、九歳くらいの女性で、髪のとても美しい、ふっくらとした美人が歯をすごく痛がっていて、額髪をしっとりと泣き濡らして顔にかかっているのも気にせず、顔をとても赤くして頬を押さえている姿はほんとうに美しいもの」

これを読んだムマ子は、ゴンちんの美意識はサディスティックや、と呆れたけれど、こんな微細な美しさを、梅の香だの秋の露なんぞに託しては表現できない。

「ある外泊先で、隣室から女主人が静かに手を叩いて誰かを呼ぶ声が聞こえた。若い声が答え、衣擦れの音を鳴らしてやって来る。食事をしているのだろう、箸や匙の音がかすかに鳴り、酒器の取っ手が倒れて器にカチンと当たった音がする。こんなことが素敵」

「夏の宵に涼しげな装いの牛車が通り過ぎると、嗅いだこともないしりがい（牛に掛けた革紐）の妙な匂いがいい感じだと思うのは私だけ？　あとは、暗い闇の夜に牛車の先に灯した松明の煙の匂いが車の中にたち込めるのも素敵よね」
私の視覚、聴覚、そして嗅覚が、世界に向けて開かれていく。そして感知したものを、私は自分の言葉で書くことで、一瞬にして過ぎてしまう時間を、この胸の中に留めることができるのだ。和歌にはできない、私だけの言葉のかたち。

だから私は、職《しき》の御曹司《みぞうし》でのことも、しっかり書き置かなければならないと思う。それが定子組書記官の私の務めだ。

アホぼん伊周は、花山上皇に矢を射かけたことは事実無根だと訴えていた。常識で考えると、私もいくらアホぼんでも、と思う。伊周は二条邸の定子のもとに逃げ込み、検非違使《けびいし》（警察）に取り囲まれる中で、定子と手を取り合って泣いていた。やがて逮捕されて隆家とともに流され、結局道長がすべてを手に入れることになる。定子が妊婦ながら自ら髪を切って出家したのは、無言の抗議であったのかもしれない。

定子が落ちぶれると、今がチャンスとばかりに次々と一条天皇に新しい后たちが入内しても天皇の心は揺らぐことはなかった。定子が最初の脩子内親王を無事に出産してまもなく、伊周と隆家は赦されて帰京すると、一条天皇は二人の間に生まれた愛らしい赤子を一目みたいと、定子に再び宮廷に上がるように求めた。定子も出家の身ながら、一条天皇には会いたい。そこでふたたび赤子とともに内裏に上がったけれど、尼姿を天皇に見せるのも遠慮されて几帳に隠れ、ぽつりぽつりと語らうばかり。天皇も配慮して灯火を遠ざけた。ところが暗がりは人の情念に火をつける。定子の得がたい様子に一条天皇は心かき乱されて、一時的な参内であったはずが、職の御曹司という中宮職（后に関わる事務を行う役所）の一室に滞在するように計らせたのである。ここは本来、后たちが宮中から退出するときに一時的に留まる部屋で、天皇が住む内裏の外にある。道長派がブーブー言うのを避けるため、あえて「入内ではない」よう、内裏の外に住まわせたのだった。それほど、定子の再出仕を快く思わない公卿たちも多かったのだろう。天皇は通うのが大変であるはずなのに、遠くても、他にピチピチの新しい后がいても、御曹司に通った。

彼だけではない、実はこの御曹司には、夜も昼も殿上人たちが絶えることがなかった。ここはいかんせんお役所の建物、登花殿《とうかでん》や弘徽殿《こきでん》などの華やかな後宮御所とは違い、庭には古木の群れがうっそうと茂り、建物も軒が高くて、母屋の方には鬼も出るなどと言われていた。それでも殿上人たちはちょっと時間が空くとここに立ち寄り、世間話をしたり、風流な駆け引きを楽しんだ。私たちも宮中の堅苦しさから解放されて、ふだん以上に陽気になっていたような気がする。

御曹司住まいのある朝、有明の月がはかなげに残り、庭に霧がひどく立ちこめていた。私はぼやぼや寝ている場合ではないとムマ子を揺すり、

「ねえ、庭に下りてみいひん？」

「ねむたねむたや」

それでもムマ子を引きずり出して、着物のすそをまくりあげ、草履をひっかけて降り立った。霧が肺の中に入って心地よく、草木の露も清らかで、まるで薄明の夢の中にいるようだった。

「ゴンちん、ムマ子、何してはるん」

と言ってきたのは、定子組いちばんのアクション派の中将の君、愛称ちゅーやんだった。彼女が庭に降り立つと他の女房たちも次々と続き、ついには定子も起き出して、アホなことを、とその様子をいかにも愉快そうに見ていた。そのうち私は、

「こうなったら、左衛門の陣まで散歩に行こ」

と言って、宮さまよろしやんね、と聞くと、定子は、好きにし、と言って引っ込んだ。それ行こそれ行こ、と私たちはぞろぞろと着物をくりあげて進んだ。そこに殿上人が、

「松高うして風に一声の秋」

と歌いながらこちらに来るのが聞こえた。

「やっぱい」

「いくらなんでもこれは見せられへん」

「戻って戻って」

と私たちは慌てて御曹司に逃げ帰り、こともなげにまた風流な応対をしたのである。定子は私たちのドタバタを一部始終見ても怒ることもなく、涼しげな笑い声をあげるのだった。

このちゅーやんを、私たちは真の勇者だと思っている。道隆が亡くなってみんなが喪服を着ていたころ、定子が大祓《おおはらえ》のために退出することになって官庁街の慣れない事務所に一時逗留したことがある。暑い日の闇の夜、なんだか窮屈な状況で不安なまま夜を明かしたので、私たちは次の日、ストレス発散とばかりにこんなふうに庭に降り立って遊んだのだった。近くに時司《ときづかさ》という役所があって、時を知らせる鼓を鳴らす鐘楼があった。これを見上げたちゅーやんはニタリと笑って、二十人ほどの若い女房を引き連れてそこに行き、鐘楼にがっしがっしと登っていった。喪服をはためかせて力強く登るちゅーやんは天女のよう、ではなかったが、さすがにいつ衣の中身が見えるか、ほんま見とないわ、とハラハラして私は遠くから見ていた。そのあともやはり左衛門の陣までガヤガヤとふざけ合いながら散歩して、あろうことか高貴な人々が座る椅子に立ち上がったり、官人たちの腰掛けを倒して壊したり、夜の校舎の窓ガラスこそ割らなかったが、中学男子の夏休みの冒険のようだった。さすがにこれは叱責されたが、ちゅーやんはこれを機に私たちに一目置かれることになったのである。

行儀の悪さも、非常識な行動も、大人気の定子組がやれば「今めかし」――現代風や、と褒め称えられた。たしかにあの頃、時代の空気は職の御曹司が作り出していたように思う。私たちは敗者か、と問われれば、政治的にはたしかにその通りだった。ただ、定子がかわいそうか、と言うと素直には頷けない。『落窪物語《おちくぼものがたり》』というお話で、継母にいじめられる主人公が「一段落ち込んだ部屋」に住まわされるが、職の御曹司時代の定子をそれと同じようにとらえるのはまちがいだ。やはり私たちは敗者ではない。なぜなら、いつも私たちは笑っていた。

そして何より、一条天皇の愛が途切れることはなかったのも私たちの自信につながっていた。新しい后たちは一向に懐妊せず、尼姿の定子だけが二度も懐妊するのである。その二度目の出産が、彼女の命を奪うことになるのだが。

私たちが黙っていたら、定子は悲劇の皇后で終わってしまうだろう。私は後宮での輝かしい日々を書き綴っていたが、特に、定子組解散後は、職の御曹司時代を書くことに飽かなかった。負けていない、負けていない、そう唇をかみしめて書き続けた。

ひとしきり書いたあとで、私は筆をおいた。定子からいただいた紙が尽きたのである。私は生昌邸から持ち帰った荷物の中から、清原家伝来の螺鈿《らでん》の文箱《ふばこ》を取り出し、静かに蓋を開けた。中にはまっさらな鳥の子紙の束が入っている。それをゆっくりと取り出し、私は儀式のように頬ずりした。これは、あの道長が私に賜ったのだった。ちょうど道隆が亡くなり、定子が堕ちていく、あの頃である。この紙を道長の使者が私の局に持ってきてくれたとき、人に見られた。それ以来、私は道長派と言われるようになったのである。

紙には手紙が添えられていた。

「ええもん書いてや」

それだけだった。政敵の女房に、なぜ塩を送るようなことを、と私は訝しんだ。今にして思うのは、「ええもん書いてや」――それは、後宮を盛り上げてや、ということであったのかもしれない。道長は政治に関しては強行突破のひとであったが、文化の面ではきわめてフラットな意識の持ち主だったのだろう。娘を天皇に入内させて子を産ませ、新たな天皇の外祖父となって権力を握るのがこの時代。つまり、後宮における勝者が、政治の勝者。女たちのいる後宮がこの国を動かしていたのである。後宮の女たちが磨き合えば、後宮は華やぐ。後宮が華やぐということは、平和なのだ。私たちは、何よりも平和を生きていたのだ。

きっと、後宮が文化の発信地である以上、続々と女たちが文化を担っていく。和歌も、物語も、私みたいなヘンテコな形の文章もいいではないか。道長が肩入れしている紫式部も、あれはあれで頭はいいから、きっと最終的にどえらい作品を作るだろう。勝ち負けではない、和歌か漢詩かではない。みんなで、みんなで、ええもん書こう。この国の文化を盛り立てよう。

私は書いたものに『枕草子』と名付けた。私が心に思ったものを書いただけのものだから、誰かに見せるものではないし、見せる気もない。棟世と住む月輪《つきのわ》*という里に私とともに埋もれていく運命なのだ。ただ、左中将さんという知り合いが遊びにきたので、これにどうぞ、とお尻に敷く薄縁を差し出したとき、あたかも紛れ出たように『枕草子』をその上に載せた。そしてちょっと演技をした。

「いややわあ、どないしよ、見られてしもたあ」

　案の定、左中将さんは、ナニコレナニコレと言って、持ち帰った。ほんまにもう勘弁して、誰にも見せんといてなと言いながら、私は彼が帰る後ろ姿を見送った。ふふふ、さあ、たんと広めてや、私の最高傑作を。

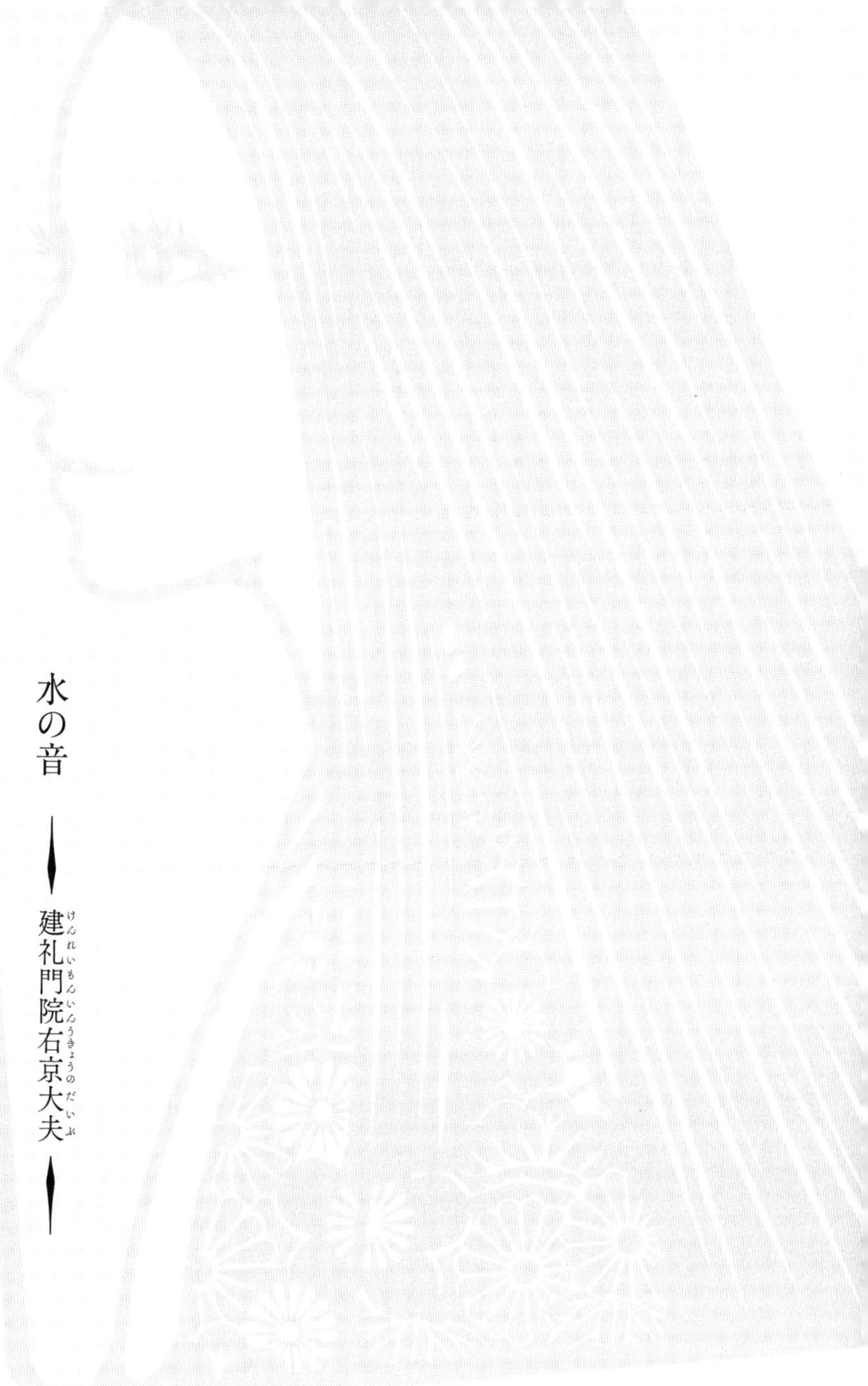

# 水の音

## 建礼門院《けんれいもんいん》右京大夫《うきょうのだいぶ》

月をこそながめなれしか星の夜の深きあはれを今宵知りぬる

（『建礼門院右京大夫集』）

（誰かを恋しいと思うときはいつも月ばかり眺めていたけれど、星の夜がこれほどファビュラスだなんて、今宵初めて知った）

仙人は霞を食って生きるというけれど、この頃の私は思い出を食って生きているようなものだった。宮仕えを辞してから二十年近く、私はもう八十にもなっていて、それでもなんとか痛いところもかゆいところもなく、こうして東山のふもとにある小さな庵に住まいして、仏さまのお迎えを待つばかりだった。楽しみと言えば、姪っ子が身の回りのお世話係として遣わしてくれた十二歳の女の子カメちゃんに、宮廷で培った作法を教えたり、歌の手ほどきをすることだった。食べ物も口の端からこぼすような老いぼれの私でも、和歌を詠んだりお香を聞いたり手習いをするときはシャンと背筋が伸びるので、

「ババさま、こういう時は別人みたいやわ」

とカメちゃんは言っていた。こんな老体にも、宮仕えの矜持が残っていたように思う。

寒い冬のある日のこと、陽もすぐに落ちて、宵の勤行を終えると今日はもう寝よか、と炭櫃の炭を灰に埋めようとしたとき、ごほんごほんと咳払いの音が外で聞こえた。カメちゃんに見てくるように言うと、

「何やら上品なおじいさんが立ってはります。取り次ぎを、て」

私は怪しんで端近に出て入口をのぞき込むと、侍者の松明に照らされて立っていたのは、民部卿《みんぶきょう》・定家だった。どきりとした。当世一のこの歌人とはかつて歌会や歌合《うたあわせ》などで一緒になることもあったけれど、こんな草の庵まで訪ねてくるのはただ事ではない。私は自ら表に出て、定家を招き入れた。

「夜分に恐れ入ります、お元気でしたか」

炭櫃にのんびりと手をかざす定家はもう七十近いはずであったが、若い頃の線の細さは変わらず、やや神経質そうな眉間のしわもそのままだった。

「あいかわらず小難しい歌を詠んではりますの」

とからかうと、いやいや今はもう、とうつむいて、

「今はもう、とにかく人の詠んだええ歌を探してますのや」

と言う。あら、それでここへ、と私の眉が開いた。

「先の勅撰集は、ほんまにしんどかった。後鳥羽院のワンマン歌集で、あれ入れろ、これ削れ、とコロコロ変更してくるし、そのわりには早よせえ早よせえ、て。私を始め、和歌所の

連中はもうストレスで胃酸過多やった。それでも、私はあの新古今和歌集は稀代の歌集やと思てます。今思えば、後鳥羽院はほんま天才やった」

そうだ、あの歌集は、どの和歌も妖しい気炎を吐いていた。意味ははっきりしないけれど気分や匂いだけは立ち上がる、抽象絵画のような、観念としての美だけを追い求めたような、特に目の前のこの男が得意だった歌風だ。

「院は隠岐に流されてからも切り継ぎ作業を続けはって、どんだけの執念や、と思いましたけど、やはりいらんもんを削ぎ落としたあの最終形は、珠玉や」

そう言ったあと、定家は大きなため息をついて、

「このたび、後堀河天皇より、新たな勅撰集を編むように命じられましてん」

私は目を見開いた。なんと名誉なことで、と言うと、定家は苦笑いをして、

「院が起こした承久の乱で、完全に政権は鎌倉に移った。もう宮廷にはこれしかないねん、大夫はん。和歌やら書やら管弦やら儀礼やら、そんなもんしか、宮廷が依って立つものがないんです」

私は深くうなずいた。政権はいま確実に鎌倉にあるが、彼ら東国の人々は都の文化に途方もない憧れを抱いていて、あの三代将軍の実朝ですら、この定家に和歌の手ほどきを受けていたというではないか。

「このたびは私がただ一人で撰進することになりました」

「ほな、また華やかな歌集になることやろなあ」

「いえいえ、新古今和歌集は、あれは鬼子や。あれは、あの戦乱が生み出した異例の歌集や。私は同じものはもう作られしまへん。むしろ、後世からすると和歌の手本となるような、地に足のついた、和歌の本質を伝えられるような集にしたい」

私の胸は高鳴った。

「大夫はん、歌を書き置いたものがようさんありますやろ。貸してもらえまへんやろか」


私は夢を見るような気持ちだった。もう幾ばくもない命を静かに削いでいくような日々を送っている私を、定家はどうして思い出してくれたのだろう。私は後鳥羽院に仕えていたのに新古今には一首も載らない、その程度の歌人だった。私が定家にそれを問うと、

「あの話や。昔、私の父の俊成《しゅんぜい》が九十歳の記念パーティーを開くとき、後鳥羽院が父に下賜する袈裟に、宮内卿《くないきょう》が詠んだ歌を刺繍することになった。その刺繍役をあなたが仰せつかったことを覚えてはる?」

忘れもしない、書家の父を持つ私が刺繍をする役に選ばれたものの、後鳥羽院歌壇のアイドルだった宮内卿の歌の出来が悪くてイライラした。

「あなた、自分好みに歌を変えて刺繍しはったでしょう」

そうだった。まったく嫌な女だった、私。

「ところが、ほとんどの公式の記録には、あなたの修正版が載ってますのや。あなたは歌をようわかってはる」

私はすっかり気をよくした。これもご縁やろ、そう思って、部屋の隅に膝行して、古い櫃から一つの巻物を取り出した。

「定家どの、これが私の歌をまとめた歌集です。誰にも見せずにあの世に持って行こうと思うてましてんけど」

そう言って、歌集を定家に手渡した。定家は受け取ると額に掲げて一礼し、灯火台に近寄って、静かに繰った。三十分ほど沈黙が続いた。カメちゃんは隣室で寝息を立てて、冬の冷たい風がガタガタと戸を鳴らしている。

定家は泣いていた。ぐすんぐすんと鼻をすする音が響いた。

「大夫はん、これ、歌集ちゃいます。なんやろ、これは日記や」

そのとおりだった。歌人たちが個人編集する、いわゆる「家集」と呼ぶにはあまりに詞書《ことばがき》が長かった。それは歌を詠んだときの一連の出来事や、歌からはみ出す思いも書き連ねたためだった。

「辛ろうおしたな、大夫はん。あれほど宮廷に輝いていた平家の一門が海に沈むとは誰も思うてへんかった。あの美しい方々は、どこに行ってしもたんやろ、と今も時々思いますわ」

私の涙もあふれ出した。

「みんな、愛しい人を死なせた時代やった。資盛《すけもり》どのも」

私は久しぶりに「資盛」の名を口にした。その途端、私の背後にすっと上背のある資盛が、鎧ではなく装束姿で立ち上がった気がした。若く美しいままだった。そうか、私が思い出すことで、彼はまた、私の心の中で生き返る。

「我々が見たあの時代は、なんやったんやろ」

「ほんに、誰も生きた心地のしいひん時代でしたわ。武者の世になる境目の混乱や、と今になれば思いますけど」

なあ、あなたは時代の境目のぽっかり開いた穴に落ちてしもたんやなあ、と、私は隣に座っている資盛に話しかけた。あなただけ若いままで、ずるいわ。

「大夫はん、ぜひ、ここから一つ二つ採らせていただきますわ。歌集に載せる名前はどないしましょ。院にお仕えした時の後鳥羽院右京大夫？　そのあとの七条院右京大夫？」

私はいえいえ、と首を振り、隣の資盛とにっこり笑い合って、

「ずっと昔の、建礼門院右京大夫でお願いします」

私が建礼門院徳子のもとに仕えたのは、平家一門の全盛期だった。私の父は書家で歌人の

世尊寺伊行《せぞんじこれゆき》、母は楽人の娘で箏の名手だった、夕霧という美しい名前を持つ人だった。父は『伊勢物語』や『源氏物語』の研究者でもあったから、私はたくさんの書物と箏の音色に囲まれ、不自由のない環境に育った。徳子に出仕するときも文芸の才を期待されていたようだ。二十一歳、徳子と同い年であったものの、彼女は入道でありながら政治の実権を掌握していた平清盛の娘で、高倉天皇の女御《にょうご》から中宮に上がったばかり、あまりにまぶしい存在だった。

清盛は誤解されやすい人物であったように思う。元々は貴族を警護する武者の身で、保元・平治の乱の勲功によって破竹の勢いで昇進したことから、ネチネチ嫉妬深い公卿たちの批判を受けることになった。しかし徳子の御所に遊びにくる清盛は、あたたかで気取りのない、気配りのひとだった。いつだったか、私は清盛に湯漬けを給仕したとき、緊張してこぼしてしまい、彼の衣を汚してしまった。こ、殺される、と身を縮ませたら、

「ようあるようある、ドンマイ」

と言ってくれた。気さく過ぎる——と呆然とした。女房友だちに聞いたところ、清盛は自分の部下にも思いやりをもって接し、特に社会的弱者に投げかける視線はあたたかかったということ。行く先々で飢えた年寄りや孤児を見ると連れ帰り、自分の従者にして面倒を見た。寒い夜は自分の衣を掛けてやり、朝寝坊してもたたき起こすこともなく、

「しんどい思いをしてきた子らや、ここでは安心して過ごしてほしい」

と語っていたという。さらに、清盛は経済にも通じる頭のいい人だった。いつも珍妙な物を

持ってきて徳子を驚かせていたが、それらは宋からの輸入品で、書籍や陶磁器、薬品、絵画はもちろん、何よりも清盛は宋銭をごっそり輸入し、貨幣経済、つまり品物をお金で交換することを日本に根づかせたのである。清盛自身もこの貿易で巨万の富を築いたから、ある人はすり寄り、ある人は眉をひそめた。

思えば私が出仕した頃、平氏の権勢は放物線の頂点にあって、凋落のレールが見え始めていたような気がする。清盛は貴族たちの御殿の縁の下に這いつくばって警護する時代を経験していたが、子どもたちは栄華しか知らない。生まれた時から、権勢の子息としてこの世を謳歌していた。

「平家じゃない人は、人間じゃないもんね」

という人権侵害の名セリフを吐いたのも清盛ではなく、清盛の妻・時子の兄、時忠《ときただ》である。平氏の評判が落ち始めたのは、清盛の孫、そう資盛、あなたが起こしたあの事件だった。徳子がまだ入内する前、まだ十歳ほどだった資盛は鷹狩りの帰りに摂政の藤原基房《もとふさ》の行列に出会った。摂政は天皇を補佐する極官であり、いくら平氏でも資盛は馬から下りて頭を下げなければならなかった。ところが幼い資盛はぽかんとしていて、怒った基房の従者たちが資盛を馬から引きずり下ろしてしまった。泣きながら資盛が父・重盛《しげもり》に訴えると、「そらお前が悪い」と諭したものの、やはり恥辱忘れがたく、部下に命じて基房を襲わせ、従者たちの髻《もとどり》を切り落としてしまった。それ以降、平氏調子にのりすぎちゃう？　というのが大方の見方になっていったように思う。

平氏ムカつく、とどれだけ囁かれても徳子の御所である藤壺には届かず、いつも笑いがさざめいて、不足なものなど何一つなく、あとは世継ぎを待つばかりだった。といっても、徳子が入内した頃の高倉天皇はまだ十歳だったからまだまだ懐妊は見込めず、ただ歌を詠みあい、管弦の遊びに興じ、何だか今思えば、すでに極楽にいたのではないかと思う。

徳子のもとには平家の公達《きんだち》がよく遊びに来ていた。遠い国の皇帝のお城では、妃たちのいる後宮は絶対に男子禁制だと聞いたが、その点において我が国の後宮はいつの世もゆるゆるで、常に男と女が肘をつつき合っていた。そうでなければあの『源氏物語』だって『枕草子』だって生まれなかったと思う。

平家の公達は美男子ぞろいで知られていたが、中でも重盛の嫡男、維盛《これもり》の美しさは群を抜いていた。あるとき藤壺に遊びに来た藤原実宗《さねむね》が維盛を見かけて、

「よお、今度遊びに行かへん?」

と聞くと、維盛はええよ、と二言三言交わして立ち去った。賀茂祭の警護服をきりりと着た後ろ姿を、私と実宗は顔をぽーと赤らめて見つめていた。

「なんとまあ美しいボンやなあ。光源氏の再来とはよう言うたもんや。俺があんなルックス

やったら絶対死なへん、もったいない」

「ほんに、あんな花のような姿、自分のもんにしたいと思うたら最後ですわ、絶対恋に落ちんとこ、て思います」

「その言いっぷりはすでに好きな証拠や」

二人で笑い合った。でも私は本心で、誰にも恋はしない、と思っていた。御所では散々男と女の仲というものを見せられた。夜な夜な男たちがお目当ての女房の局にやって来て愛をささやく。誘って、いなして、会えなくて、会うと嬉しくて、恋の最初は誰でも楽しい。問題はそれからだ。恋は始まりがあれば終わりがある。歌集だって恋の巻はその流れで配列されるではないか。もし二人の思いが続いたとしても、男たちは生活感のない宮廷でたっぷりと恋の情緒を味わったあと、夜も明けないうちに正妻のもとに帰っていくのだ。割り切って遊んでいる女房もいるけれど、私はきっとあかん、のめり込むタイプや、とわかっていたので、「絶対恋に落ちんとこ」というのは本音だった。

あるとき、関白の藤原基通《もとみち》が若い公達と白河殿（清盛の三女・盛子）の女房たちを引き連れてお花見に行ったという。お土産に見事な桜の木のひと枝を徳子に献上して来たので、私が代表して歌を詠んだ。


さそはれぬ憂さも忘れて一枝の花に染めつる雲の上人

誘われない寂しさも忘れるほど、一枝の桜の花に心が染まっていく私たちです——ちょっとイヤミを効かせたこの歌に、花見の公達が歌を返して来た。その中の一人に、あなた、資盛がいた。

もろともに尋ねてを見よ一枝の花に心のげにもうつらば

今度はいっしょに尋ねて見ましょうよ、本当にこの花に心引かれたのなら——これは、本当に誘われたのか、単なる和歌表現、社交辞令か。九つも年下の男子の歌にドキドキする自分が情けなく、こりゃ恋愛経験を積んでおかないと面倒くさい女になってしまう、と危機感すら覚えた。

それ以降、たびたび資盛から歌が送られてきたが、口説くような歌でもないので、そうや、私に歌の手ほどきをしてほしいのや、と思い、くどくない程度の技巧も加えつつ、折をとらえることも忘れないよう、丁寧に丁寧に歌を返していた。

それがいつしか恋の歌ばかりになって、私はその辺の女房のように、資盛を局に入れてしまった。私は二十五歳、資盛はまだ十六歳だった。資盛の私への思いは、恋というより尊敬に近いものであったし、私もかわいいお弟子さんを愛でるようでもあった。あかんあかん、やめよやめよ、と思いながら、私は彼を待ち、そして抱かれた。

「僕、大夫はんのためなら死ねるし」

あるとき、資盛は私の衣を頭から被って聞こえるか聞こえないかの声で言った。

「簡単に死ぬとか言わんといて。喜ばへんよ」

と言うと、ガバと起きて、

「そやかて僕、なんや、飽きてますねんか。毎日毎日、髷結うてヒゲ剃ってたいそうな服着て、やることはといえば呑気な仕事ばかりや。勉強せんかてどんどん昇進するやろし、遊びに行ってもみんなへいこらするばっかりや。なんやろ、生きてる気がしいひん」

私は、清盛がみなし児《ご》を見るような目で資盛を見た。本来は武者の家に生まれたのに、のらりくらりのお公家生活。この子はすでに人生を見切っている。

「唯一胸がわくわくするのが、大夫はんと話している時や」

私は子鹿を撫でるように資盛を抱きしめた。今思えば、あのままでも彼にとってどん詰まりだったのだろう。


私と資盛との関係が宮廷中の噂になるのに、たいして時間はかからなかった。妬み嫉み僻みの土壌に咲くのが後宮の花である。私の相手は今をときめく平氏の公達、徳子の甥っ子。しかも兄の維盛にも引けを取らない美しさ。嫉妬の視線というのは重みがあって尖っている。私は満身創痍だった。

「今日もバンビちゃんとおさかんで」

「資盛どのは熟した柿がお好きのようやな」

すれ違いざまにも散々に言われるようになり、メンタルの弱い私はまもなく実家に逃げ帰り、そのまま徳子のもとを辞すことになった。徳子からは何度も手紙をいただいたが、私には出仕する気力がなかった。

もう会えないのだろうか。私はぼんやりと屋敷の縁に座り、西の空を眺めていた。庭の木の梢が夕日の色に染まり、日の当たらない部分はいよいよ暗く沈んでいく。にわかに空がかき曇って時雨がさあと降ると、叫びたいような哀しみに襲われた。


夕日うつる梢の色のしぐるるに心もやがてかき暗すかな

夕日を映す梢の色が時雨に沈むと、私の心もそのまま暗く沈んでいくようだ……でも、これでよかったのだろう。私との関係に未来はない。いつかは訪れる別れだった。そう自分をごまかして過ごしていたところに、徳子の皇子出産の知らせがあった。私は喜びと同時に、宮廷は今どれほど華やかに祝賀が行われているのだろう、私がまだお仕えしていたらあの装束を着ただろうな、資盛も連日の宴に顔を出すのだろう、そんなことを考え、またどんよりと沈むのだった。

そんな煩悩を退散すべく、勤行でもしようと東山に住む縁者の尼さまのところに籠もった。そこに、藤原隆信《たかのぶ》という公達から手紙が届いた。彼は定家の異父兄で、歌会などで見かける人。私より十歳も年上で、歌だけでなく絵もよく描き、特に似絵《にせえ》と言われる肖像画を得意としていた。歴史物語も書いてしまう多才多芸の人で、味のある大人やわ、と陰から慕ってい

たが、まさかその人からこんなところで手紙をもらうとは思ってもみなかった。開くと、

「もっとお堅い人やと思うて遠くから見ているだけでしたが、今度の恋の噂を耳にして、なんやアリやないか、と思うて手紙を送った次第です」

と書いてある。何がアリなのか。何もないわ、と炭櫃の火にくべてしまおうと思ったが、何やらしゃべったら面白そうなおじさまやし、凝った歌でも送ったろ、と返事をしたところ、隆信はこの草庵にやってきたのである。尼さまの前では「おや先客でしたか」とトボけつつ、

「宮中は皇子の誕生で大変な賑わいですので、私みたいな天の邪鬼はかえって世の無常を強く感じてしまい、こうして尼さまに仏の道を伺いにきました」

とペラペラ殊勝なことを言う。私は呆れながらも何やら愉快で、その夜、尼さまが寝入ったあと、気軽に抱かれてしまった。どうせ資盛とはもう会わないのだし、ずっと年上の隆信はやはり話し応えがあった。なんでも知っていて、いつでも自信満々で、何を聞いてもおもしろおかしく答えてくれた。資盛といるときは話を聞いてあげることが多く、こう考えたら？こうしてみたら？と背伸びしていたけれど、隆信といるときの私はまったく弛緩していて、何も知らない若い娘でいられた。

それなのに、ふと資盛が私の実家に現れたとき、私の心はものすごいスピードで彼に引き戻されていくのがわかった。

「会わへんと、気ぃおかしいなりそうや」

資盛は私の胸元に顔を埋めて泣いた。脆くて美しい、瑠璃の壺のような人だ。離れることはできないとつくづく思った。隆信もそれをわかっていて、

あはれのみ深く掛くべき我をおきて誰に心を交すなるらむ

これだけあなたに愛を注ぐ私をさしおいて、誰と心を交わしているのでしょう……そう詠みかけてきた。怒っているわけでも悲しんでいるわけでもなく、私が二つの恋に引き裂かれているのを楽しんでいるようにも見えた。彼がそれくらい軽い気持ちであるなら、私も真剣に思い悩むのはやめよう、そう思って、なんとなく宙ぶらりんに、資盛から迎えの車がやってくるとそそくさと乗り、隆信も相変わらず部屋に入れていた。御所女房の気質が、知らずに私にも染み付いていたのだろう。資盛の正妻が決まりつつあると聞いても、さほど動揺しなかった。会えたらそれでええわ、と思い定めていたのである。

会えたらそれでええ——それすら叶わなくなる日が来るとは思わなかった。私が御所を退いてから、時代は激動期に入っていた。反平氏勢力が表面に現れつつあり、鹿ヶ谷《しし》で行われた平氏打倒の密議がバレて、それを主導していたのが当時院政を敷いていた後白河院と知った清盛は、護身の刀を大きく振るうようになる。清盛は反平氏の公卿を追い払い、後白河院を鳥羽殿に幽閉した。そして高倉天皇を退位させ、徳子が生んだわずか三歳の安徳《あんとく》天皇を即

位させる。天皇の外戚となった清盛はいよいよ権勢をふるう一方で、後白河院の子・以仁王《もちひとおう》が源頼政と手を組んで、全国の源氏に平家打倒の令旨《りょうじ》を出した。以仁王らはあっさり平氏軍に討たれてしまったが、この令旨は意外と力を持った。清盛が福原京*への遷都を決行して失敗するなどしている間に令旨の効果はじわじわと広がり、反平氏勢力が燎原の火のように広がっていて、伊豆で源頼朝が挙兵、信濃では源義仲が兵を挙げる。この頃から、かつての穏やかな清盛ではなくなっていたように思う。おそらく首にいくつもの刃物を突きつけられているような気持ちであったのかもしれない。平氏は頼朝を討つべく東国の富士川まで行軍した。率いるのはあの美しい維盛。私はハラハラしていた。実戦などやったことのないあの人がどう戦うのだろう。案の定、水鳥が羽ばたく音を源氏の襲撃だと思い、キャー、と敗走してしまったという。

こんな情報を耳にして、私は資盛を想った。彼もまた、近く「武将」として戦場に出るだろう。無事に帰還できるかという心配以前に、命のやりとりに彼の神経は耐えうるのか心許なかった。やがて美濃源氏の挙兵を鎮圧するべく、資盛は叔父の知盛《とももり》とともに戦場に向かい、無事に帰還した。私のところにやってきた彼は、なんだか人が変わっていた。平氏の将来を危ぶんで相変わらず悲観的なことを言うのだけれど、目付きが鋭くなって、体格もたくましくなり、おもしろくない冗談も言う。何より、私の抱き方が変わった。

まもなく、息を呑むような大惨事が起きた。反平氏ムーブメントは大寺院にも広がり、奈良の興福寺はその急先鋒だったこともあり、清盛は息子の重衡《しげひら》を大将軍にして奈良を攻めさせる。重衡は宮廷にいるときは愉快な人で、徳子の御所に来ては私たちをお腹がねじれるほど笑わせ、真に迫った怪談をしては悲鳴をあげさせることもあった。その重衡が奈良の僧兵たちと激しい戦闘を繰り広げ、夜になって「えろう暗いわ、だれか火ぃつけて」と言ったら、一人の兵士が近くの民家に火をつけた。折しも風の強い日で、火は悪魔のように広がってあらゆるものを燃やし、ついに興福寺だけでなく東大寺の大仏殿まで燃やし尽くしてしまった。このとき大仏殿の二階に逃げ込んだ老僧、女性、子どもたちなど、非戦闘員も千人あまり焼け死んだのである。

　これ以来、清盛は病の床についた。口では「ようやった重衡」と褒めていたが、焼け死んだ子どもたちを思っていたに違いない。清盛が高熱で息を引き取ったとき、「大仏さんを焼いた罰や」と誰もがささやいた。

　そこからは転落の一途である。木曽の乱暴者、源義仲が都に入ってくるというので、平氏は安徳天皇を奉じて西国へと落ちることを決めた。西国は平氏の所領が多いため、適当なところを都に定めて立て直しを計ろうとしたのである。でも清盛というカリスマを失った今、政権の維持などできるのだろうか、と私は悲観していた。今日なのか、明日なのか、出発の予定すらわからず、私はただ胸を痛めていたし、隆信にも「今は資盛どのに会うてはいけませんよ、平氏側の人間やなんて思われたら、あなたの身ぃまで危うい」と言われる始末だった。それでもいきなり去ることはないはず、と願っていたある日の夜、資盛がすきま風のように私の部屋に入ってきた。寝床で彼は私の手をとり、

「万に一つでも、僕が生き残る可能性はないと思うてる。あなたとは長い付き合いやし、どうか私が死んだら後生を弔うてください。もう明日から僕は思考を停止する。悲しいとか、名残惜しいとか考えてたらキリもないし。西国の浦々からはもう手紙も出しません。でも、想いがのうなったとは思わんといてください」

私は自分の涙で溺れそうだった。

「僕は今からは死人や。死人やから、何も思わへん。せやけど僕アホやし、時々思い出すんやろなあ」

そうして彼は去った。私は追いかけることも出家することもできず、もとの身のまま、都に生息するだけだった。


西国にともに落ちるはずだった後白河院は鞍馬に逃げ、摂政になっていた基通も一人引き返し、平氏だけが西へと向かった。大宰府に内裏を定めようとしたが、そこはもう源氏方の軍勢が占拠していたため、平氏の船団はよるべなく西海を漂う。尼になった徳子、幼い安徳天皇はどうしているだろう。資盛は怪我をしてないだろうか、ちゃんと食べているだろうか。

資盛の弟、清経《きよつね》は行く末を悲観し、入水自殺したという。私も思考停止にしたいのに、日々悲惨な状況を想像してはふるえるのだった。

頼朝が仕向けた弟の範頼《のりより》、義経はさらに平氏を追い込んでいった。一ノ谷の敗戦の後、あの維盛も入水自殺したという。私はこれを聞き、いてもたってもいられず、届かなくてもいい、そう思って資盛への手紙を人に託した。


おなじ世となほ思ふこそかなしけれあるがあるにもあらぬこの世に

それでもあなたと同じ世にいるということが悲しいのです。こうして生きていても、あなたは死人だというし、私も生きていないようなものですから――この手紙に資盛の返事がきたとき、夢かと思った。まだ生きている！

「私の命ももう今日か明日か、というところになりました。今度こそすべてを思いあきらめる気持ちで、最後にきちんとお返事いたします」

とあり、

あるほどがあるにもあらぬうちになほかく憂きことを見るぞかなしき

こうして生きていても生きていないのと同じなのに、兄弟の死をまざまざと見るのはほんとうに悲しいことです――私は手紙を抱きしめた。生きて、と強く願ったけれど、心のどこかで後生を願った。おそらく平氏が生き残ることはない。それは私のような傍観者でも予測できることだった。

その年があけた三月、平氏一門は壇ノ浦の藻屑となった。資盛も死んだ、とはっきり耳にした。異母弟の有盛《ありもり》と、いとこの行盛《ゆきもり》と三人で手を取り合って海に飛び込んだという。自分の恋人がこんな死に方をして、まともな精神状態を保てるわけがなかった。沈んでいく資盛はどんなに苦しかったことだろう。私は考えるだけで海底に吸い込まれていくような錯覚に陥り、息苦しさに身もだえした。飛び込んだ水の音が耳元で聞こえて眠れなかった。助けて、助けて、彼を誰か助けて、と叫んでうす暗い暁に目が覚めるのだった。

実際にそうして助けられたのが、建礼門院徳子だった。徳子の母親である二位尼《にいのあま》は、わずか八歳の安徳天皇に、

「波の下にも都がありますよ」

と言って、ともに水底に沈んだ。それを見届けた徳子は無言で硯など重いものをふところにドサドサと入れて、躊躇なく水面に飛び込んだ。まるで急ぎの用でも足すように。八歳の天皇は、まだなんの分別もなく、ただ敗走の集団に奉じられただけだった。それなのにかくも残酷な死を与えられる不条理。親であればとうてい生きられない。

しかし徳子の黒髪が源氏の兵の差し出した熊手に引っかかり、彼女は助けられた。重衡の妻で、徳子に仕えていた大納言佐《だいなごんのすけ》も海に入ろうとしたところ、衣を船端に射止められて救われた。徳子を始め、女房たちの多くは死ぬことかなわず、ぼろぼろの態で都に還ってきたのである。なかには敵兵に陵辱された者もいたと聞く。私がもし宮仕えを続けていたら、同じ

目にあっていたのだろう。

平氏の残党狩りなど、都ではまだ不穏な動きが続き、徳子は耳を塞ぐように大原の寂光院《じゃっこういん》*のかたわらの庵に入っていた。私は迷ったが、思いきって秋の大原を訪ねることにした。庵のある草生《くさお》の里は炭焼きの煙があちこちに細くたなびき、コーンコーンと木を樵る音以外は虫のすだく声のみが響いていた。宮廷では金糸銀糸の錦繍をまとっていた徳子がここでわび住まいをしているとは想像できず、足が重くなっていく。引き返そうかな、と思ったところで「大夫はん?」と呼び止められたのだった。振り向くと、背の高い秋草の向こうに大納言佐が粗末な身なりで立っていた。すけさん、と私は走り寄った。

「いや、夢のようやわ」

重衡の妻である彼女は宮仕え時代の仲よしだった。薪を拾っていたと語る彼女の顔はかつての肉づきを失い、これまでの彼女に起こった出来事を無言で伝えていた。夫の重衡は一ノ谷の合戦で捕虜となり、彼に伽藍を焼かれた奈良の衆徒たちに身柄を引き渡され、木津川のほとりで斬首されたという。私とすけさんは庵までの川沿いの道をゆったりと歩いた。

「彼な、奈良に護送される途中で、日野の私の実家に立ち寄ってくれはってん。自分の髪を嚙みちぎって、形見にって」

すけさんはふところをぽんぽんと叩いた。そこに重衡の髪が入っているのだろう。重衡の首は奈良炎上の火元になった辺りにさらされて、胴体だけがすけさんの元に戻ってきたという。腐乱した胴体をすけさんはしっかり見てから荼毘に付した。強い人だと思った。私たちは手を取り合って寂光院の参道に入った。

庵で対面した徳子は、別人かと思った。髪は細く短く、頬は痩せこけ、垢で光る質素な着物を着ていた。それでも、その表情にはかつてはなかった清澄さがあった。かつては六十人もの女房たちに囲まれていたのに、ここには三、四人しかいない。徳子は扉が風にガタガタと鳴ると、立て付けが悪くて、と自ら立っていって様子を見たり、話の途中で、ちょっとゴメン気になる、と言って仏壇の花の向きを直したり、一瞬外に耳を澄ませて「これは松虫やわ」とつぶやいたり。ここには普通の生活があって、最後には、ささやかなこの住まいをうらやましいと思う自分がいた。

「水も食べ物もない船上の生活に比べたら、ここは全然ありがたいの」

すべてを失った徳子は、むしろ軽やかだった。未曾有の悲劇ののちに残された静寂。おびただしい命を飲み込んだ壇ノ浦の波濤がここで明鏡のように静まっていくように思えた。たっぷり泣くつもりで来たのに、徳子の庵を出たあと、私の心は澄んでいた。そして空を見上げて、「さあ、どう生きよう」とつぶやいた。

私は出家しない道を選んだ。救われた命をきちんと使い切りたいと思ったのである。

四十四歳で後鳥羽院のもとに出仕し、院が鎌倉幕府討伐のために挙兵する承久の乱まで、私は超ベテラン女房として仕えた。たいした武力を持たない院は負けると思っていたので、後鳥羽院の足をもみながら、「上さま、やめはったら?」と言っても、ばあさんは黙っといて、と返された。そして彼は戦に負け、隠岐へと流されていった。

乱の勃発前に私は早々に今の庵に隠れ、息をひそめた。私もやがて、寂光院の徳子のような顔になるのだろう。そう思っていたのに、今さら勅撰集に私の歌が載ると聞いて、こんなに胸がときめいている。建礼門院右京大夫——この名前がまた人の口にのれば、あの美しい人々が、記憶の中でまたよみがえるのだから。

# 森に溺れる

## 森女《しんじょ》

あまり言葉のかけたさに
あれ見さいなう
空行く雲の早さよ
（『閑吟集《かんぎんしゅう》』）

（なんとかあなたに言葉をかけたくて、「ほら見て、空ゆく雲が、あんなに早い」）

生まれたときから、私はこの世の光を知りません。自分がどんな姿かもわかりません。父母の顔もわかりません。手で触って、その形をたしかめます。顔をべたべた触っても母は怒りませんでした。柔らかくて温かくて、私は母の顔を触るのが大好きでした。

「モリは目が暗いから、あんまさんか、ごぜさんになるしかないんだよ」

母はいつも私にそう言って、

「美しい子だから、ごぜさんかねえ。琵琶を弾きながら歌をうたうんだ。修業が厳しいから、甘えん坊のモリにできるかねえ」

そう言って、私を膝にのせて髪をなでると、必ず父は厳しいことを言うのでした。

「修業を始めるなら早い方がいい。家でぬくぬく育っていたら、外に出られなくなってしまう。いい親方を見つけて早々に出さないと」

それを言われた母はいつも黙ります。そして私を抱く母の体から哀しみが伝わってくるのです。まだ六歳の私は、外の世界を知りたいと思っていました。私が外で遊ぶことを父は喜ばなかったためです。兄や妹が外に遊びに行くと私はとたんに寂しくって、独り手遊びなどで心を慰めるのでした。

母がどうしても首をたてに振らず、私が瞽女《ごぜ》の組に入るのは通常のごぜさんよりも遅かったようです。「この子が一人で身の回りのことができるようになるまで」と言って、煮炊きや繕い物のやり方を丁寧に教え、ようやく私を家から出したのは八歳の時でした。村に来る瞽女の親方と父が交渉して、おふなさんの組に入れられました。私の家は貧しい農家でしたから、わずかばかりの米と銅貨をもらい、父は喜んだようです。おふな組、愛称チームFは寒い国から「都」に行くと聞きました。その旅の間、すでに訓練は始まりました。まだ手が小さいため琵琶は持たされず、鼓を習います。そして『曽我物語』などの語りを口伝えに覚えます。基本的に外で行われる芸ですし、家々を訪ねる「門付け《かどづ》」では大声で歌わないと誰も出てこないので、うまく歌うというよりは、大きな声を出す練習でした。鼓を打つ手は赤く腫れ、喉も腫れきって水も飲み込めないほどでした。私は毎晩毎晩、行く先々の宿で修業のつらさと母恋しさに泣きましたが、隣で眠っていると思っていた先輩のたつさんが、

「そうやって泣いてばかりだけどねえ、モリちゃんはラッキーよ。おふなさんは優しい親方

だからね。獄卒みたいな親方に当たったらぼろぼろにされちゃうって聞いてるよ。それに……」

たつさんは急に小さな声で、

「モリちゃんはきれいだから、旅回りじゃなくて、都の常設の小屋に引き取ってもらう、って言ってた」

私はすごく悲しい気持ちになりました。それは、ふるさとには帰れないことを意味すると思ったのです。顔に傷を付けようとすら思いましたが、そんな勇気もなく、近江の塩津から舟に乗り、琵琶湖を通って都へ向かいました。

人買舟は沖を漕ぐ　とても売らるる身を、ただ
静かに漕げよ船頭殿
たつさんは船端に座り、きれいな透き通った声で歌いました。巷で流行っている曲です。それを聞いた船頭さんが、「だれが人買舟じゃ」と言うと、同船の人がどっと笑いました。歌を愛でて菅笠に銭を入れてくれる人もいました。私一人が笑えませんでした。なぜなら、それまでたつさんが何度も私にささやいていたのです、モリちゃんが修業を嫌がると、親はおふなさんが支払った銭をすべて返さなければならなくなる、と。だから人買舟という言葉は、まんざら的外れではなかったと思うのです。

大津で人々は舟を下り、私たちチームF五人は、おふなさんを先頭にそれぞれ前の人の肩

に手をかけてはぐれないようにして、逢坂山《おおさかやま》を越えて山科を過ぎ、さらに粟田口《あわたぐち》を通って都に出ました。他の旅人たちが「おお、都だあ」と声を上げても、私たちには何も見えません。でも、ざわざわとした空気が肌をなで、人の声はどこよりも多く、なるほど、ここが天皇さまと将軍さまのいる場所なのだな、と実感しました。

都に着いて一年はチームFに付いて修業をしながら鄙《ひな》を回ることもありましたが、その後はたつさんの予告どおり、鴨川の河原や大きな神社の境内などに常設の小屋を張る「劇団アンダーザブリッジ」通称アンブリに入れられました。そこには目があく人もあかない人もいて、さまざまな芸が行われましたが、なかでも一番の人気が猿楽です。もともとはお芝居みたいなものだったのに、世阿弥という俳優兼プロデューサー兼劇作家が彗星のごとく現れ、優雅で知的で舞が中心の舞台芸術になったそうです。アンブリではそれのパロディのようなものしかできませんでしたが、美しい詞章と優雅な舞に人々はうっとりとしたものです。本物の大和猿楽、近江猿楽の座の人たちは足利将軍や守護大名たちの前でも披露するので、それはそれは洗練されたものだそうです。ところがカリスマ世阿弥は何年か前に将軍の怒りにふれて、佐渡に流されてしまったとか。そしてその配流を言い渡した六代目の将軍・義教《よしのり》は、私が都に着いた年に家臣によって殺害されました。何しろ将軍さまが殺されたのですから、都は天地をひっくり返したような騒ぎだったのを覚えています。

都というのはずいぶん物騒なところだと思いましたが、私はさほど気にもせず、盲目の琵琶法師であるレイン坊に付いて徹底的に平曲、つまり『平家物語』の語りを学びました。レイン坊は大変美しい男性であるらしく、女性に一切興味のない人だったので、琵琶の指導で手を握られてもまったく苦痛でなく、何か口ごたえをすると、「若い言うて勝った気にならんといてよ！」と膝をピシッと扇子で叩かれるくらいでした。

口には言えない苦労はもちろんありました。母恋いの止むことはなく、体が丸みを帯びるにつれ、客からは芸以外のことを求められるときもありました。声だけは自信があったので、男相手に啖呵を切ることも覚え、特にお国なまりで一喝すると、たいがいの男は「この子には関わらんとこ」と思うようです。十六歳になるとストーカーまがいのファンも付くようになり、劇団は鳴かず飛ばずの芸人・阿弥ーゴを私の護衛役に付けてくれるようになりました。


私たちは芸を鍛えるために、舞台のない日はストリートミュージシャンをしていました。それは小遣い稼ぎでもありました。ある夏の夕暮れどき、私は五条の因幡堂《いなば》の門前にむしろを敷いて、投げ銭を入れる籠を置き、平曲でもいちばん好きな「祇王《ぎおう》」を語っていました。話の流れを簡単に説明すると、平清盛は栄華を極め、すべて思うがままに振る舞っていたとき、白拍子《しらびょうし》*という男装アイドルの一人、祇王に一目惚れし、壮麗な西八条邸に住まわせて寵愛したそうです。そこに仏御前《ほとけごぜん》という評判の白拍子が現れます。私と同じ十六歳、怖いものしらずで、「スカウトを待ってるだけじゃダメ。私の歌と舞を清盛に見てもらわなくちゃ」と西八条邸に押しかけました。清盛は「うちには祇王がいるから」と断りましたが、祇王が同じ白拍子の境遇に同情して「会うだけ会ってやってくださいな」と勧めます。しぶしぶ清盛は仏御前に会うと、その歌声にハートはドッキン、舞姿に頭はポー、ついに祇王を追い出して仏御前を愛でるようになったのです。しかも残酷なことに、清盛は再び祇王を召して、仏御前の前で舞わせました。屈辱にふるえる祇王は妹の祇女《ぎじょ》と母とともに嵯峨《さが》の山里に小さな庵を作り、そこで出家したのでした。ある夜、親子三人で念仏を唱えていると、竹の網戸をほとほとと叩く音がします。なんと、仏御前です。しかも尼姿をしていました。彼女は自分のせいで祇王が追い出されたことが悲しく、自分もいつかは清盛に飽きられてしまうと思えば身の栄華も楽しめず、極楽往生を願う日々を送りたいと願ってここを訪れたのでした。祇王たちは喜んで彼女を迎え入れ、やがて四人は極楽往生をとげます。

この語りを習ったとき、私はレイン坊に聞きました。

「祇王も仏御前も、清盛のこと好きだったのでしょうか」

「あほやなアンタ、あんなギトギトじいさん好きなわけないやろ」

「でも、体もあずけたんですよね」

「好きと食うていくのは別！」

私は芸能者の哀しみをいつも以上に感じたものです。この曲は好きだけど、弾いているうちに悲しくなり、早く最後の方、仏御前が出家して嵯峨の庵を訪れる場面にならないかな、と思うのでした。

「たそかれ時も過ぎぬればぁ、竹の編戸を閉じふさぎぃ、灯《ともしび》かすかにかきたててぇ、親子三人念仏していたるところに、竹の編戸をほとほととうちたたく者出できたりぃ」

ほぼ祇王に憑依されたように語る私の周りを、人々がとり囲んでいるのがわかります。虫除けで焚いている草の匂いにまじって、人いきれがするのです。昼の暑さの名残りが私の肌にまつわりつき、最後まで語り終わると、額から汗がこぼれるほどでした。やんやと歓声がわき、投げ銭の音が響きます。私は合掌してニコニコするのでした。飢饉や疫病が頻繁に襲いかかる時代、都では食うや食わずの人も多いのに、私の語りに銭を投げてくれるのは心の底からありがたいことでした。横で阿弥ーゴが投げ銭をすかさず袋にしまいながら、私に握手を求めてくる人を断っています。はいはい、触らんといてなー、と。

「あんた、ええ声やな」

太くかすれた男の声が近くでしました。私はアイドルスマイルで、

「ありがとうございますー」

と言うと、

「祇王、なつかしかったわ。また聞かせてや」

じゃらんと大きな音がしました。

「これはお坊さま、たいそうな」

阿弥ーゴが驚くほど、男は投げ銭を多くしてくれたようでした。あとで阿弥ーゴが言うには、

「けったいな坊さまやったで。髪を五分ほど伸ばして無精ヒゲ。えらい瘦せこけとったが、銭だけは持ってはった」


その坊さまと再会したのは、ずっとずっと後のこと、私が三十四歳になるときでした。私は長くアンブリのセンターとして君臨していましたが、二十五歳を過ぎた頃に、十五歳のウメちゃんという瞽女が入団し、明らかに風はそちらに吹き始めました。私は二十八歳で、祇王さながら、アンブリを卒業しました。もちろん出て行けと言われたわけではありませんが、独立の機会を探っていたのは確かです。わずかな期間ですが、チームFとして鄙の村々を回ったときは、娯楽の少ないところでしたから、それはそれは歓迎され、ちょっとした小唄を歌うだけでも喜ばれました。しかし都の人は娯楽に慣れています。各小屋は集客を競うあまり、技量を磨くだけでなく、奇抜さを競ったり、芸よりも見た目で芸人を登用したり、果ては芸人に春を売らせるところもあるといいます。私も見た目でちやほやされていたとすれば、

年を重ねるごとに不如意なことも出てくるだろう、と夜も眠れなくなり、芸そのものをもっと磨き、終生のおまんまの糧にしようと思ったのです。そうしなれば女郎屋行き、もしくは立君《たちぎみ》――道ばたで客を取る遊女にまで身を落としてしまうことでしょう。六年前の大飢饉以来、都には遊女小屋が倍増していました。小路小路に身を売る女たちがあふれていたのです。

フリーとなった私は阿弥ーゴと組み、派遣瞽女になりました。個人宅や寺社、お祭りや会所の集まりなどに余興として呼ばれては、芸を披露するのです。阿弥ーゴがマネージャーとして仕事をとれば、私は樋口富小路の家から杖を突きながら出張するのでした。宴席で小唄を唄うことが増えて、長い平曲を語ることは少なくなりました。それでも実入りは悪くなかったと思います。

商売も波にのってきたかな、というときに、都で戦が起こりました。八代将軍に義政が就いていましたが、妻の日野富子になかなか子どもができず、もともと政治に消極的だった義政はさっさと弟の義視《よしみ》を後継に指名しました。ところがその直後に富子のお腹に赤子がやってきて、義尚《よしひさ》が生まれました。やはり将軍にはこの子を就かせたいと思うのが親の情。義視と富子が対立します。そこに、幕政を担う管領家の争いが絡み、義視を支援する細川勝元方が東軍、日野富子を支援する山名宗全方が西軍となり、十年もの間、だらだらと戦が続くことになるのです。

この戦いは都の北半分を焼き尽くしてしまいました。芸人は災害や戦乱情報に敏感です。

戦災、被災地にいても銭こにならないのはわかりきっていますし、不動産や家財も持たない芸人集団は、噂の時点でさっさと河岸《かし》を変えるのです。私は早々に樋口富小路の家を引き払って、南へ南へと逃げました。木幡《こはた》を越え、宇治を越え、木津川を渡り、奈良まで行こうと思っていましたが、宿をとっていた「薪」という里で、近くに人がようさん集まる寺がある、という噂が耳に入りました。

「徳の高いお坊さんでも逃げてきたのかな」

と阿弥ーゴに聞くと、

「徳の高いどころやない、なんでも天皇さんの落としだねらしいで。一休ちゅう坊さんやて」

「へえ。でも説法はいらないなあ。明日は奈良に発とうよ」

「そんだけ人が集まるんやったら、久々に門前にでも座って『曽我』の一節でもやったらどうや。こんなご時世やし、みんな喜んで聞くわ」

たしかに旅のお足は必要であるし、私はその酬恩庵《しゅうおんあん》という寺に行ってみることにしました。天皇の落としだね、というのも強く心惹かれたのでした。

聞いたところによると酬恩庵は七年前に一休が再興したお寺で、本堂はあの殺された義教が一休に帰依して建立したそうです。境内に入ると、噂どおりたいへんな賑わいでした。私はとんと知りませんでしたが、一休は都ではとても有名な人で、戦を逃れて酬恩庵に入ったという情報はトップニュースのように都を駆け巡ったそうです。人気の理由は、その人柄でした。後小松天皇の御落胤でありながら、近江堅田《かただ》の華叟宗曇《かそうそうどん》という高僧のもとで長く修行し、師が実力を認めた際に与える「印可」を与えられても自分で破り捨ててしまい、華叟の死を見届けるとプイといなくなって、都に現れたと思ったら、河原で乞食の輪に入ったり、女郎屋に入り浸る生活。権威ある禅刹・大徳寺に招かれてもたった十日で逃げ出して、兄弟子に「一応、十日はいましたけど、女郎屋に行きたいので出ますね。私を探すのでしたら、魚屋か飲み屋、あとはやっぱり女郎屋かな」という漢詩を送ったそうです。

なんというロックな生き方。どんな人か見たかったけれど、どうやら今日はここにいないようで、がっかりして帰る人もいました。誰かが、

「ごぜさんやないの。手ぶらで帰るのもあれやし、なんか一節歌うてー」

と言うものだから、遠慮なくお堂の縁に腰を掛け、琵琶を弾きながら小歌をいくつか歌うことにしました。

　二人寝しもの　独りも　独りも　寝られけるぞや
　身は慣《なら》はしよなう　身は慣はしのものかな

毎晩いっしょに寝たのにさ、別れちまって、独りぼっち。それでも寝られるもんだ。体な

んて、慣れたらそんなもの、慣れちまったらそんなもの……

男たちはヒューヒューと口を鳴らした。輿に乗って歌っていると、

「なんや、祇王さんやないか。なんでこんなとこに」

私の琵琶を弾く手が止まりました。とたんにガヤガヤと声が上がり、一休さまや！　と耳に入りました。私はこの通り目が見えませんから、聴覚には自信があります。この声はたしかに、十八年前の因幡堂でたくさん投げ銭をしてくれた人。あれは一休だったのか、とふるえるほど感動しました。

夜にまた来るようにと言われ、私ひとり境内の一休の庵に行き、祇王をリクエストされました。終始無言で聞いていた一休は、

「やっぱりええ声やな。御礼に俺の語りも聞いてくれ」

と言って、口でべべんべんべん、と琵琶のまねをして、

「俺がまだ、周建《しゅうけん》ちゅう名前で小僧しとったときの話や。鴨川に舟をいくつもつないで作った舟橋をひょいひょいと渡ってたら、舟のひとつに、女が赤子を抱いて横になっていた。女はギスギスに痩せて目も見えてへん。あんたと同じや。もう親子とも死にかけとった。小僧の俺はどうにもできんと、他の人と同じように、見ないふりして渡っていった。暮れになってまたそこを通ると、ボロを着た坊さんが親子に合掌して経文を唱えてはった。もう死んでたんや。あの坊さんだけが丁寧に弔うてた。俺はいてもたってもいられんと、その坊さんの

あと追うて、弟子入りさせてもろた。初めて、自分の頭で、禅について考えた瞬間やった。それ以来、俺はござさんを見るとつい気になる。因幡堂のあんたを見たときも、舟橋の女にあげた気持ちで投げ銭したんや」

べべんべん。一休は黙りました。私は舟橋の女を思って泣きじゃくりました。誰ぞに乱暴されてできた赤子だったのか、どこでどうやって生んだのか、赤子がいなければ生きられたのかもしれないのに、赤子をぎゅっと抱きしめて死んでいく間際、彼女は何を思ったことだろう――。

「徳の高い一休さまにお聞きします。なぜ私は目が見えないのでしょう。家の者たちは前世に悪いことした罰だと言います。でも私自身が悪いことをしたわけではありません」

するとー休は私の言葉を最後まで待たずに、

「たまたまや」

と言いました。

「下駄を足から放って、表になるか裏になるか。どっちが出ても、たまたまやろ。あんたの目もたまたまや」

私はぽかんとしました。

「難しいこと考えたらあかん。人生はぜんぶ、たまたま。受け入れるだけや」

受け入れる。私は受け入れさせられていると思っていました。与えられた宿命からは逃れられない、と。だけど「自分で」受け入れるなら、どうとでも、この人生をどうとでもできるような気がしたのです。

「小便しとなったら厠に行く、眠とうなったらどこでも寝る、女を抱きとなったら女郎屋に行く。それが自分を受け入れる、や。がははは」

そして、あんた名前は、と問うので、モリです、と答えたら、

「森か、ええ名前や」

このとき一休は七十四歳でした。もう十分におじいさんでしたが、私は自分の胸の鼓動をもてあましていました。顔もわからない、このお坊さまに。

薪は名前の通り木樵《きこり》が行き来するような山里で、まさかここまでは戦火が及ぶまいと思っていましたが、用心深い阿弥ーゴは先を急ぎました。一休に後ろ髪を引かれましたが、ご縁があればきっと再会できると信じて、私たちはさらに南へと下っていたのです。

それから二年たち、都はすっかり廃墟のようになったと聞きました。どうやら足軽という雑兵は手段を選ばないらしく、敵方に対して考えつく限りのゲリラ作戦を繰り広げていました。無関係な商家民家を襲い、放火したり略奪したりと、武士の誇りゼロの動きをして、足軽が都を壊したようなもんだ、という人もいました。それを聞いて私たちも戻るに戻れず、

多くの人が行き交う場を求めてさまよい、大坂の住吉に流れ着きました。ここなら瀬戸内海を行き交う人々が集いますし、なんといっても住吉のお社が大変なにぎわいを見せていました。

私はしばらくここの薬師堂に参籠することにしました。昼には境内で芸を披露し、夜にはお薬師さまの前で勤行をするのです。静まりかえった境内では、遠く潮騒の音も聞こえ、松林を渡る風の音が興を添えることもありました。その日は夜になってから静かな雨が降り出しました。参籠する人はなく、阿弥ーゴもどこかの女郎屋に出かけたようで、私ひとりでした。ちなみに阿弥ーゴは私より三つ年上で、よく夫婦に間違われましたが、彼は「商品」である私には決して手を出すことはなく、時折このように一人でぶらりと出かけるのです。しとしとと雨は軒を打ち、お経を読む私の肌を、闇と湿り気が包みます。やがて勤行にも飽きて、私は琵琶を手にとりました。

お茶の水が遅くなり候《そろ》　まづ放《はな》さいなう
また来うかと問はれたよなう
なんぼこじれたい　新発意心《しんぼちごころ》ぢや

お茶の水を汲みに行くのが遅くなりますから、とりあえず私を離してくださいな。また来てくれるか、ですって。無粋ね、新発意さん（若いお坊さん）。わかってるでしょう――

そこにギイと扉が開きました。「美しい声のごぜさん、雨宿りを」と言って入ってきた男の声に、私は息を呑みました。

「おや、あんただったか」

男も驚いていています。声の主は、一休でした。

「こら驚いたな、新発意と言われても、おれはもう七十七だ、がははは」

私はすかさず一休のところに行って衣にふれると、雨でしっとりと濡れています。

「女郎屋の帰りに降られてしもうて、まいったわ」

私はさめざめと泣きながら、私の袖で一休の衣の雨もはらいました。

「何を泣く、森よ」

「会いたかったのです」

「そうか、みんなそう言う」

「さようでしょうね」

「俺も会いたかった」

一休はそう言ってどかりと胡座をかくと、べべんべん、と口で語り、

さて何とせうぞ　一目見し面影が　身を離れぬ

と歌いました。私はくすくすと笑って、一休に抱きつきました。

それから私は一休の住吉の草庵で暮らすようになりました。できる限り身の回りのお世話をし、夜な夜な抱かれました。人々は奇異な目で見ていたようですが、目の見えない私には

一向に気になならなりませんでした。阿弥ーゴは、

「まああの通りの爺さんやし、悔いのないようにお世話したりや」

と言って放任してくれました。彼も一休には惹かれていたようです。

一休はよく私のことを漢詩に詠みました。

夢に上苑美人の森に迷うて、枕上の梅花、花信の心
満口《まんく》の清香、清浅の水、黄昏の月色、新吟をいかんせん
夢で、天子の庭の美人の森に迷い込んだ。枕辺にいる梅の花のようなあなたは、すでに花開いたことを教えてくれる。私の口のなかは清らかな香りでいっぱい。それはあなたがくれる清らかな水のおかげ。黄昏時のこの月の色を、どうやって詩に詠もうかな——。

「美しい詩ですね」

「せやろ。タイトルは婬水や」

「どういう意味」

「知らんでええわ」

そう言って、一休はまた私の体を貪るのでした。戦火は都だけでなく、全国に広がりつつありました。

一休は時折、身の上話をしてくれました。それは私の平曲よりもよほど面白く、よほど悲しいものでした。

一休はたしかに後小松天皇の御落胤でした。藤原氏出身の母は側室として一休を身ごもったのですが、敵方の南朝の高官の娘であったため、「天皇暗殺を企んでいる」というデマを流され、身重のまま宮廷を追い出されたそうです。都のどこかの民家で一休は産声を上げました。六歳になってすぐに安国寺という禅寺に入ります。周建という名で童行《ずんなん》（小僧）をしていた時は、当時の禅刹の風習にどっぷりと浸っていたそうです。そこでは修行よりも詩文の才能が競われ、童行を相手にした男色もさかんに行われて、少年一休も何人かに狙われた、というのは本当なのか見栄なのか。思春期に入ると、さすがに疑問を抱き始めたと言います。禅僧とは、漢詩を書いて、お金で地位を買って、少年を抱く人のことなのか、と。そんなときに、舟橋の女を弔っていた謙翁《けんおう》に出逢うのです。

一休は安国寺を出て、謙翁の住持する西金寺という破れ寺に入り、宗純を名乗ります。しかしわずか四年で謙翁は亡くなり、一休は絶望して琵琶湖で入水自殺を図ります。それほど謙翁の存在は大きかったのでしょう。死に損ねた一休は、次に堅田の華叟の元に向かいます。大徳寺の二十二世住持であったのに体制に反対して飛び出した気骨の人です。そんな気難しい華叟が営む祥瑞庵に入るには大変な苦労があったようですが、ようやく認められて入山した三年目、華叟は一休にある公案を出しました。公案とは答えのない禅のなぞなぞで、思考回路の成熟を見るといいます。このとき一休はある瞽女が語る「祇王」を聞いて、公案が解けたというのです。だから因幡堂で私に「祇王、なつかしかったわ」と言ったのでしょう。このとき一休という名前をもらい、印可ももらったのに破り捨てたのは前に聞いたとおりです。

祥瑞庵はとにかく貧しく、一休は匂い袋やひな人形の着物を作り、都に通ってはそれを売って日銭を稼いだそうです。華叟が病のために動けなくなると、一休は謙翁にしたように手厚い介護をしました。ふくものがないと、素手で華叟の便をぬぐうことも厭わなかったそうです。

「そのころや。都に通うて商売して、動けん人の面倒を見る、そんな、生きるため生かすための営みこそ尊いものや、人間の真実や、て思い始めた。俺の求めている禅は、高いところから急に落ちてくるものやと思うとったが、人間が這いつくばって生きているところに落ちてるんやないか」

そこから一休の「風狂」は始まります。禅の決まり事にことごとく反発するロックスターの道を歩み始めるのです。大徳寺の儀式に出席する華叟に付き添ったとき、あえてすり切れた衣を着ていきました。それでも後継者について尋ねられた華叟は、

「しようもない風狂者だが、こいつしかおらんと思うてる」

と答えたそうです。

しかし一休は華叟の跡を継ぐことはなく、祥瑞庵を出てふらりと風の向くままの生活に入りました。町から町へ、蓬髪、ひげ面、破れ衣。

風狂の狂客　狂風を起こす　来往す、婬坊、酒肆《しゆし》の中……

この生き方が多くのファンを得たことは、薪での人気が語るところです。こんな一休でも、どうしても許せない人がいました。祥瑞庵での十八歳も年上の兄弟子、養叟《ようそう》です。彼は一休とはまったくベクトルが逆の権威主義者で、印可をいただいていないのに華叟の画賛を印可だと言って吹聴して歩いたこともある人です。その養叟が華叟亡きあと、大徳寺の二十六世住持になります。彼は俗人にすら印可を乱発して資金を集めたため、一休は彼のことを「あの売禅ヤロウめが」と罵りましたが、養叟は大徳寺の教線拡大という大事な役割も果たしたようです。

二人がタッグを組むことがありました。幕府の横やりによって、大徳寺の三十六世住持に流派の異なる妙心寺の僧・日峯《にっぽう》が就くことになったのです。養叟と一休は日峯の着任を阻止しようと棒で通せんぼをしました。しかし幕府には勝てず、日峯は住持となりました。その二年後にまた大徳寺で事件があり、何人かの大徳寺の僧が獄につながれてしまいます。怒った一休は、

「こんなに道理に合わんことがまかり通る世の中は狂うてる。俺はもう餓死してやる」

と、譲羽山《ゆずりは》の庵に籠もって断食しましたが、後花園天皇の詔勅によって諦めましたが、二度目

の自殺未遂でした。

「一休さま、それは何歳のことです」

「えー？　たしか五十四？　あ、森と因幡堂で会うたときや。えらい痩せとったやろ」

「ああ、阿弥ーゴがそう言ってました」

「天皇さんからハンストなんか止めい、ちゅう勅が出て、しようがないから山降りて、飯屋を出たあとやわ」

「ええ大人なのに、血気さかんですねぇ」

「ほんまやなあ。そのあと女郎屋にも行ったし」

懐かしそうに、一休は遠くを見つめていました。


私と一休の生活はなお住吉にありました。一休は住吉に小さなお寺を作り、私をそこに据えたのです。私は一休が望むとき、望まれるかたちで体を預けていましたし、私がどこかに行きたいと言えば、一休は手をひいてくれました。ある秋の朝、

「砂浜まで行ってみたい」

と言うと、寒いからよう着込みや、と綿入れを私に掛けて、すぐに連れていってくれました。ボロを着た老僧と瞽女が手をつないで歩く様子は、端から見るととても危なっかしく見えた

ことでしょう。足取りはたどたどしくても、私たちはとても満たされていました。頭をかすめるようにカモメが飛んでいくと、びっくりしたあ、と二人で笑い、冷たい波が足にかかっても、やはりあははと笑いました。

「一休さま、波の音は、いつまで続くのでしょう」

「なんや、妙な質問やな」

「だって、飽きずに、ずっと、ざああ、ざああ、って」

一休は、今さら公案かいな、とつぶやいたあと、しばらく黙り込んでいました。

「俺が死んでも、森が死んでも、海はずっと、このままや。戦が起こっても、終わっても、このまま。あるがままや」

このとき、私は気の遠くなるような永遠を想像し、怖くなって一休の腕にしがみつきました。それからまもなく、一休は何を思ったか、あれほど憎んだ禅宗の権威——四十七世大徳寺住持に就任しました。

その三年後、勝敗がよくわからないまま乱は終了しました。残ったのは勝者ではなく、廃墟だけ。一休は大徳寺の法堂や山門を再建し、復興に努めました。その資金は、養叟と同じ方法で集めたといいます。思えば、一休は明らかに変化していたように思います。

しかし老いの波は彼を除けてはくれませんでした。八十八歳になり、あの酬恩庵で病の床につきました。弟子たちを呼んで、

「ええか、俺が死んだら、おまえたちが飲み屋に行こうと女郎屋に行こうと知ったことやない。ただ、人に向かって「禅」を説いたら、俺はあの世で許さん。禅は人に説くものやない、禅は自分だけのものや」

私はそれを聞いて、一休らしい遺言だと思いました。そして私も枕元に呼ばれたので、彼の枯れ木のような手をとり、

「一休さまのおかげで目の見えないモリもこうやって乱世に生き残りました。このご恩は決して忘れず……」

泣きながら切々と語りかけると、

「こら、勘違いすな」

え、と私は泣き顔を上げました。

「生かせてもらったのは、俺や。森がおらんかったら、どこかの橋の下でとっくに死んでたわ。それでもええと思っとったが、森に、受け入れることを説きながら、俺自身はなんにも受け入れてないことに気がついたのや。仏さまとはな、森よ、水と同じや。水とは、どんな形にも従うもの。俺は水になりたいんや。それで、与えられた宿命にとりあえず従うてみようと思うた」

「それで、大徳寺に?」

それには答えず、一休は言いました。

「俺は、森、ほんまのところ、怖がりなんや。怖いから、いつも怒ってたんや。だけど、おまえの乳房に抱かれてると、なんや安心して、絶対に譲れんちゅうもんがどんどん溶けてのうなった」

一休の亡骸が運び出されると、布団の下から漢詩が書かれた紙が一枚出てきたそうです。お弟子さんがニヤニヤして「ええもん見つけましたで」と言って、私に読んでくれました。

　木は凋《ゆら》み、葉落ちて、更に春を回《かえ》す
　緑を長じ、花を生じて、旧約《くやく》新たなり
　森也が深恩、若《も》し忘却すれば、無量億劫、畜生の身

枯れ木が春になると芽吹いて花が咲くように、森のおかげで俺も若返った。もし森への恩を忘れたら、俺は未来永劫、畜生の身。

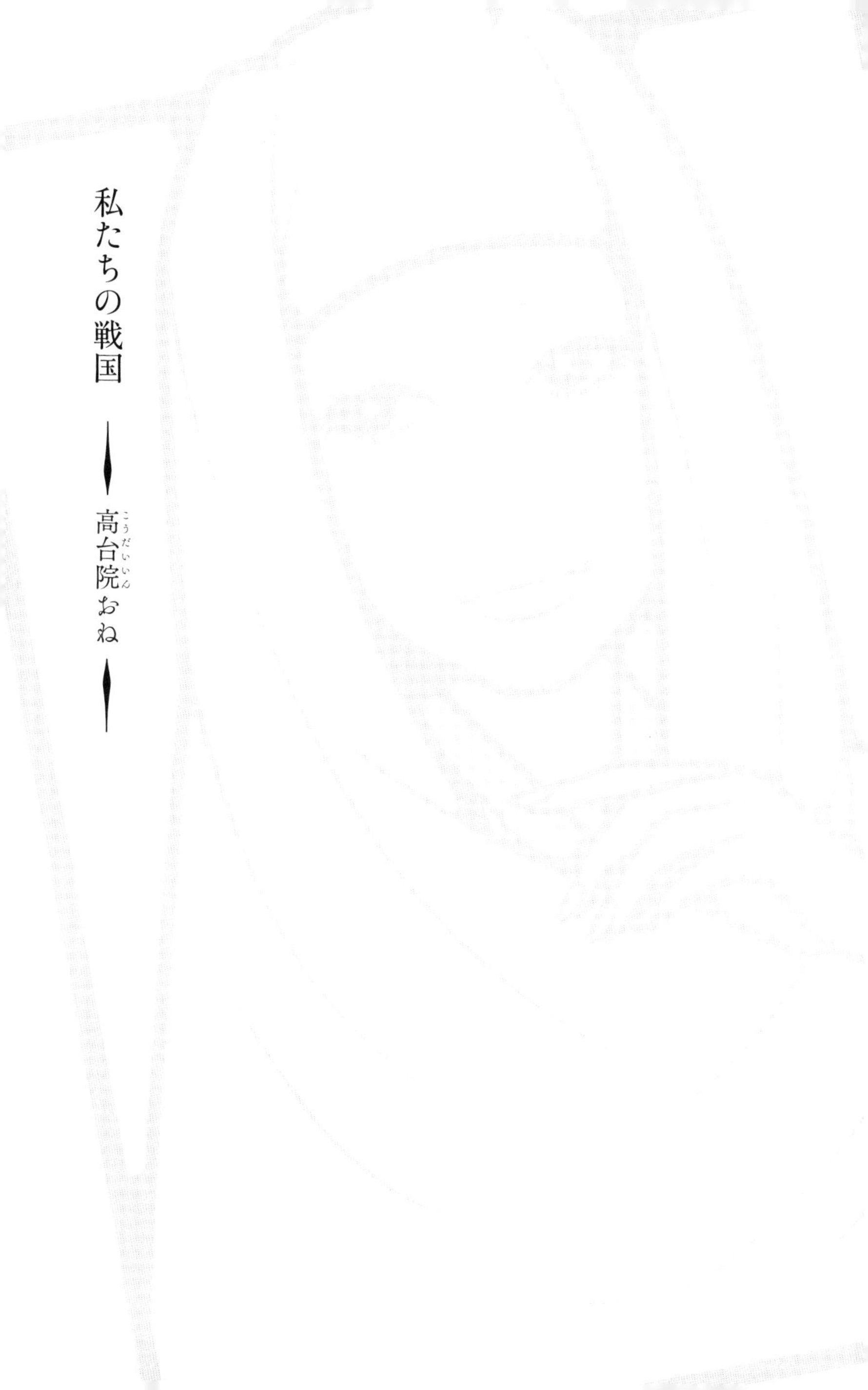

# 私たちの戦国

## 高《こう》台《だい》院《いん》おね

くびもこはいものでは、あらない。その首どもの血くさき中に、寝たことでおじゃった。
（『おあむ物語』*）
（生首はべつに怖いものではない。その首の血なまぐさい中でよく寝たものだった。）

結婚するのはおもしろい男がいいのか、堅実な男がいいのか。おそらく私の時代から五百年経っても、女たちは迷い続けるのではないだろうか。親はもちろん後者だろう。「おもしろいなんて最初のうちだけ」というのも今ではよくわかる。でも十八歳の小娘は十年先なんて見ていない。いまときめくか、いま楽しいか。そう思えば、私もずいぶん凡庸な娘だったと思う。

それで私は木下藤吉郎を選んだ。彼は、私の母・朝日の妹である七曲《ななまがり》と浅野又右衛門長勝《ながかつ》夫婦の家に出入りする農民で、一時は遠江の今川家の家臣の家臣・松下家に仕えたこともあったようだが、ほどほどで中村郷に帰り、家業に精を出していた。一方、私の家は杉原という武士の家で、決して裕福ではないけれど、一応は床張りの部屋で暮らしていた。一度、用があって藤吉郎の家を訪ねたとき、うわー、と思った。土間しかない。ニワトリが凶悪な顔で追いかけてくる。入口にぶら下がっているのは簾かと思ったら大根だった。でも藤吉郎自身は最高におもしろかった。

「おねちゃん、ちょっと俺の手相見てみてよ」

道ばたで会ったとき、蕪の入った籠をしょったまま私に自分の手相を見せて、

「これすごいよ。今朝起きたらこうなってたんだ」

「どうすごいの」

「これさ、この線さ、天下を取る相だって」

鼻で笑って、そりゃすごいね、がんばって、と私はその場を去ったが、次に浅野家で会ったとき、

「おねちゃん、俺さっき、裏のばあさんに人相を見てもらったんだけど、驚いたのなんの」

「なに、天下とるって?」

「ザッツライト」

「あのおばあさんにそんな能力あったんだ」

「朝飯食べたことは忘れるらしいが、人相に関してだけはすごい」

あんなに貧しい暮らしなのに、どうしてこの人は卑屈にもならず、バカみたいに明るくしていられるのだろう、と心底不思議だった。

「だって俺、もう少ししたら織田信長さまに仕官するんだ。天下取りのスタート地点にやっ

と立てる、って感じ。裏のばあさんは見抜いていたね」

私はやはり鼻で笑った。叔母の夫・長勝は織田家の弓衆であったため、その推挙で足軽として加えてもらうらしいが、足軽は雑兵、ヒエラルキーの最下層である。天下を取るのは海底から月に行くようなものだ。やれやれと私が帰ろうとすると、外まで追いかけてきて、

「だからさ、秋から清洲城下の足軽長屋に暮らすことになるんだけど、一緒にどう?」

「一緒に?　なんで?」

「嫁さんになって、ということでしょ。ここまで言わせるかなー」

「私が、藤吉郎の嫁?」

私は失礼なくらい驚いた。目の前の男は、垢だか泥だか、とにかく常に薄汚れている、痩せぎすの猿づら。

「ないわー。ごめんね」

そう、そのころ母がもう縁談を進めていた。武家の長男で、顔は在原業平似だ、と言われたが、要はイケメンということだろう。母は条件だけ言って、いいね、話進めるよ、と強引だったけれど、藤吉郎にあんなことを言われたこともあって、とりあえず業平似に会ってから決めようと思った。

家にやってきたのは長身のイケメン、声もテノール、藤吉郎のようにペラペラしゃべらないし、落ち着いている。しかし、なんというか、こう、気づまりである。話しかけても、ハ

イかイイエで、続かない。間に入っていた叔母の七曲が、

「なにかご質問は」

と聞いたら、業平似は、

「いえ別に」

イライラしてきた。私に興味はないのか。すっきりしないまま業平似を見送ると、物陰から藤吉郎が出てきた。

「あれはダメだわ、おねちゃん。人相が悪い」

「藤吉郎、ヒマなの？」

「おねちゃんとこに婚約者が来るって聞いて、黙っていられますか、っての。田の草抜いてる場合ですか、っての。ちょっと待ったー、って言いにきたんだけど、おねちゃんはあの人を選ばないわ」

「なんでよ」

「だって、おねちゃんの好みは、うーん、強いて言えば、俺？」

これだけ押せ押せだと、私もなんだかその気になってきてしまうのだから、恋とは一種の暗示なのかもしれない。

藤吉郎に決めたことを母に言うと、烈火のごとく怒った。しかも、藤吉郎への差別発言が半端ではなかった。別に熱烈に愛しているわけでもないのだから、軽く「やめといたら」と言われたら、じゃあやめよかな、で済んだのかもしれないのに、これだけ罵詈雑言を吐かれると私だってムキになる。藤吉郎の「いいところ」をでっち上げて反論し、しまいには、

「見ててよ、あの人は絶対に天下とるから」

母は吹き出した。私は完全に藤吉郎の暗示にかかっていたのだろう。それでも強硬に反対するので、ついに私は母と縁を切って長勝・七曲の養子に入り、浅野家の人間として藤吉郎との結婚を決めたのである。母も頑固なら私も頑固、まったく似た親子だった。

親の見送りのないまま、私と藤吉郎は清洲城下に向かった。中村からは歩いても一日かからないところだったので、わりと気楽だった。藤吉郎も、仕官と結婚を一度に叶えたのだから超ハイテンション、道中ずっとしゃべり続けていた。身分が低くても、この乱世でも、この人となら飽きずに笑いながら乗り越えられるのだろうな、と思った。

とは言っても、やはり足軽である。与えられた長屋の一間は極端に狭く、床板もない。土間に簾掻藁《すがきわら》（藁のすだれ）を敷き、そこにござを敷いて臨時の座敷にして、私たちは祝言をあげた。長勝の配慮で信長の従兄弟・名古屋因幡守が媒酌人を務めてくれたのは上々である。

藤吉郎は、

「地べたからの出発だ、あとは上昇のみ！」

と、祝い酒にずいぶん酔っていた。藤吉郎二十五歳、私は二十歳、まさにゼロ地点の門出だった。

彼の主君となる織田信長は父・織田信秀の死を受けて十九歳で家督を継いでいた。どうも若き日の信長は痛々しいほど自意識過剰なところがあって、父の葬式では袴もつけずに現れて、抹香をわしづかみにして仏前にぶちまけたり、やたら派手な鎧兜を付けて家来たちと練り歩いたり、中二病とも思える行為をくり返し、この「大うつけ」ぶりに織田家の将来を悲観して切腹した家臣もいたという。でもこの性格、平和な時代では邪魔くさいだけかもしれないが、戦国時代には少なからず優位に働いた。応仁の乱によって足利家の権威が地に落ちると、守護大名たちは自分たちの領地に戻り、独立した領地運営を目指すようになる。彼らは戦国大名として成長していくが、みんなが戦によって領地を広げる陣取りゲームをしていたわけではない。自国の経営と防衛で手一杯だった。「天下をとる」などと言い出したのは、信長である。藤吉郎の「天下をとる！」は子どもが「将来パイロットになりたい」と言うのと同じくらい微笑ましく聞いていられるが、信長の天下取りは本気だった。駿河・遠江の今川義元、美濃の斎藤龍興《たつおき》を次々破り、本拠地を清洲城から美濃の岐阜城に移して、足場を徐々に築いていった。

一方、足軽の藤吉郎は、物怖じしない「俺が俺が」の性格が功を奏し、じわじわと上に登っていた。あるとき興奮して長屋に帰ってくると、ペラペラと教えてくれるには、今朝は霜

がおりるほど寒かったため、外出する信長の草履をふところに入れて温めておいたそうだ。それを知らない信長が足を入れると、

「わ、ぬるい。気持ちわる」

と嫌な顔をしたので言い出しにくかったそうだが、思い切って、ふところで温めました、と言うと、

「そういう不衛生なことやめてよ」

と叱られたそうだ。こりゃ打ち首か、とひやりとしたけれど、

「でも気がきくのはいいことだからね、名前は？」

「足軽の木下藤吉郎です」

「ふうん、覚えておく」

後年これが藤吉郎のホラ話であったことが判明したが、中二病が続く信長とお調子者の藤吉郎との間におそらく似たようなことがあって、急接近したのだと思う。城の普請だの食料の確保など地味だけれど重要な役割が次々と舞い込み、結婚から三年後には木下藤吉郎秀吉として信長の政務に携わる四奉行の一人になった。藤吉郎は松下家に仕えているときに読み書きを学んだらしいが、実は私も長屋で時間さえあれば藤吉郎に読み書きや計算法を教えていた。

「おねちゃんのおかげだよ」

といつも感謝してくれて、私たちは二人三脚で一歩一歩前に進んでいたように思う。

事務仕事をしているときはサラリーマンと同じ生活だったが、岐阜城に移ってからは、藤吉郎、おっと名前が変わって、秀吉は留守がちになっていく。武将としての腕もいよいよ試されるようになり、毛利元就の要請で信長が但馬を攻略する際、秀吉は二万の兵を与えられ、十日間で十八の城を落としたという。あきらかに彼は文官よりもこちらの方が向いていた。私には張り切りすぎている秀吉の顔が目に浮かび、一人ひやひやしていた。

信長の天下取りは確実に進んでいた。足利将軍家はすでに虫の息で、十三代将軍義輝が三好三人衆と松永久秀に討たれたため、奈良の興福寺の僧だった義輝の弟・義昭が三人衆の手から逃れて還俗《げんぞく》し、将軍就任を目指すことになった。

「誰かいっしょに上洛してくれる人ー」

という呼びかけにハーイと手を上げたのは信長。彼は義昭を擁して都に入る前に三人衆を蹴散らし、山城、摂津、河内を平定して都に入ると、三人衆が擁立した十四代将軍・義栄《よしひで》を廃して、ついに義昭を十五代将軍に就任させた。実質的な権力は信長が握っていたため、彼の天下取りはこのとき成ったといってよい。秀吉は晩酌しながら、

「でもさ、今回の天下取りは、都を手に入れた、っていうだけのことなんだよね。俺のいう

天下取りは、日本すべてを俺の領地にするっていうことなんだけど」

　私は酌をしながら久々に鼻で笑った。でも秀吉のビッグマウスはひとつの自己暗示で、一定の効力はあるような気がしていた。秀吉は私に鼻で笑われつつもすごろくの駒を進め、一大転機がやってくる。信長の指示で北近江の小谷《おだに》城を落として浅井長政《あざいながまさ》を自害に追い込むと、その功績により浅井の領地だった北近江三郡が与えられた。つまり、秀吉は領主、大名になったのである。私は大名夫人になった。秀吉三十七歳、私は三十二歳。名字は木下から「羽柴」になった。

　居城として浅井の小谷城をそのまま引き継げばよかったのだが、山城なので何かと不便。そのため琵琶湖畔の今浜に長浜城を作った。次に新しい城下町に人を集めなければならない。私と秀吉は頭をひねり、

「長浜住んだらタックスフリー」

というキャッチコピーで年貢や諸役の免除を伝えると、続々と人が集まってきた。城下を視察すると、木の香りのする新しい町を人々がさかんに行き交い、開放感に満ちた笑顔を見せている。人が集まれば商売人や芸能者も自然と集まって、どんどん長浜はにぎやかになっていった。しかし皮肉なことに集まりすぎて、農村で米を作る人が減ってきた。秀吉は、

「ちょ、待てよ。これダメじゃない？　米は経済の基本なんだから、もうタックスフリー終了じゃない？」

浅はかだな、秀吉、いやさ藤吉郎。ここでやめたら、すぐに人はいなくなる。もっと根付かせて不動産も手に入れさせて、動きにくくなったところで課税再開にしないと。

「私がゴーサインを出すまで続行だからね」

と私が言うと、秀吉はしぶしぶ頷いた。

城主であると同時に、秀吉はひきつづき信長の家臣である。中国地方の攻略を任され、播磨の姫路城に出張ることが多かった。秀吉が留守の間、私が領地の責任者だった。留守中に襲われたらいつでも長刀《なぎなた》で対戦できるくらいの訓練もしていたし、そんなことがないように、あちこちに贈り物を届けてはご機嫌伺いをしなければならなかった。それが大名夫人の仕事だったのである。

だけど一つだけ、私にできないことがあった。それは跡継ぎを生むこと。いろんなアドバイスをもらい、いろんなおまじないもしたけれど、どうしてもお腹に赤子はやってこなかった。

「もう一人、奥さんもらってもいい？」

と秀吉が聞いてきたとき、私は怒ることができなかった。彼も跡継ぎについて深刻に考えていたのだろう。それに彼ももう大名であるから、側室の一人二人いてもおかしくない。こくんと頷いたところ、どさっと側室が入った。しかもこの粒ぞろい感、あらかじめ募集でもかけておいたのだろうか。日中は長浜経営会議で私と額を寄せ合うのに、夜になればフイと姿を消す。わかっているけれど、ムカっ腹がたった。私も大人げがないけれど、信長に贈り物をするついでに、「あの女好き、いくら跡継ぎが必要と言っても度が過ぎています、しくしく」と手紙に書いてやった。すると信長から返事があり、贈り物への御礼に加えて、「そういえばあなた、キレイになりましたね。前に会った時よりも十倍、いえ二十倍も美しくなった気がします。藤吉郎も、おねが嫉妬深いってよく愚痴るけれど、あいつがおねの不満を言うなんて言語道断。あのハゲネズミ、わかっていないようだけれど、こんないい女に出会うことは二度とないと私は思ってる。だから自信を持って、嫉妬心なんか持たないこと。言いたいことも全部口に出しちゃだめ。適当にあしらっておけばいいの」

百戦錬磨の武将なのに、こんなに優しく私の嫉妬心をほぐそうとするなんて。しかも最後に、「あ、この手紙、羽柴に見せるように」とあった。私はおかしくて、言われたとおり秀吉に見せると、ハゲネズミは縮み上がった。

やがて一人の側室が男の子を産んだけれど、この子はすぐに病気で亡くなってしまった。私はいろいろ思い悩んだ結果、養子をもらうことにした。信長の四男・於次丸《おつぎまる》を得られたことは私のクリーンヒットである。この縁組はあとで役立つことになる。秀吉も政略上の養子を続々と連れてくるようになった。徳川家康の子、前田利家の娘など、多いときは男子六人、女子五人が私の裾にまとわりついた。そうそう、あとで有名な武将となる福島正則や加藤清正も私が育てた。自分のお腹こそ痛めなかったが、私は十分過ぎるほど子育てをしたし、それが戦国武将の妻の役割だともわかっていた。

私は心を麻痺させていたように思う。日本のあちこちで常に戦があって、恐ろしい数の命が散らされ、夫はそこに出ずっぱり。いつ悲報が届くかわからないし、いつこの城が襲われるかもわからない。そして親から引き離された子どもたちをホイホイと引き取って、平気な顔で養育する。平時ではありえない心理状況だっただろう。人はじわじわと環境に慣らされる。

秀吉が備中高松城を珍しく落としかねて信長に援軍を求めると、信長は自ら出陣しようと準備のために入洛していた。家臣の一人、明智光秀が先んじて丹波亀山まで軍を進めていたが、とつぜん馬の向きを変え、信長が宿泊していた本能寺を襲う。信長は紅蓮の炎の中であっけなくその人生を閉じたのである。

この報を受けて秀吉は都にとって返し、休む間もなく大山崎で光秀を討った。どろどろに疲れて長浜に帰ってきた秀吉は、

「こんなことになるなんてさあ」

と腕枕をして横になり、宙を見ていた。昨日まで強大な力を持った支配者が、今は骨すら見つからないという。

「あの方は、私利私欲で天下天下って言ってたわけじゃないんだよ。日本という列島レベルで物事を考えていたんだ。いま外国の船があちこちに行き交って、弱い国は最新兵器でボッコボコにされて、侵略されてしまうらしい。日本なんかさ、いちころだよ？　だって天皇や将軍はいても名ばかりで、各大名はバラッバラ。狭い領地を守ることに精一杯で、世界に目が向いてない。だからあの方は、一つにまとめあげようとしたんだ」

そして、チッ、明智め、殺してもまだ飽き足らん、と言って、かくりと眠りに落ちた、かと思ったら、またガバ、と起きた。

「いや、俺は」

「ビックリした、何」

「俺は、こうなることを、どこかで待っていた」

たしかに光秀を討ったことは、秀吉のすごろくの駒をワープさせた。信長の後継者を決める「清洲会議」で、秀吉が擁立した三法師（信長の孫）に決まると、この時点で秀吉は為政者としての権利を得て、大坂城を拠点に全国支配へと地固めしていくことになる。とりあえず新しい幕府を作るには「征夷大将軍」の称号を朝廷からもらわなければいけない。しかし秀吉は徳川家康・織田信雄《のぶかつ》（信長の長男）の連合軍と小牧・長久手で戦った際、引き分けとなった。

「あんさん勝てへんかったやろ。そら大将軍とは呼べまへん」

と朝廷に言われ、ムカッとした秀吉は官位獲得に乗り出す。彼は貴族の身分であることをでっち上げるために、まずは信長がいっとき名乗っていた「平氏」を名乗った。信長の子・於次丸を養子にしているから、という理由である。平秀吉として内大臣になると、次に近衛前《このえさき》久《ひさ》の養子になって藤原秀吉を名乗り、公卿の最高位である関白に就く。その一年後は豊臣秀吉となって、ついに天皇に準じる太政大臣に上りつめた。私までおありを受けて、縁起がいい漢字を集めたような「豊臣吉子」という名前になった。そして従一位という位まで授かった。ちなみに正一位はほとんど没後か神さまに与えられるので、私は生きている人間として最高位になったのである。巷の人々は私のことを天下一の幸い人だと崇めた。それなのに、私はこの頃、壮絶な孤独の中にいた。

「どうやら、茶々さまがご懐妊されたようだ」

その噂が耳に入ったとき、私は長浜でよく知らない側室が秀吉の子を産んだときとはまったく別の感情がわきあがっていた。茶々は秀吉の側室の一人だったが、募集で入ってきた女ではない。浅井長政の長女である。彼女の母・お市の方は信長の妹で、浅井が滅んだのち柴田勝家に嫁いだけれど、秀吉が勝家を滅ぼした際に、彼が浅井の三姉妹、茶々、江《ごう》、初を引き取って養育していた。そしていつしか、茶々は秀吉の側室になっていた。彼女は、織田と浅井の血を引く戦国のプリンセスだった。

私なんか、尾張の貧乏武家の娘。なにが吉子だ、なにが従一位だ、ぜんぶお金で買った地位。子どもも産んでないし、もうシミ、シワ、タルミも隠せない。秀吉の苦労時代を支えた糟糠の古女房に、今どんな価値があるというのだろう。ずっと麻痺させていた心が、茶々の懐妊でふと覚醒した。巨大な大坂城の一隅で、私はひとり衣を引き被ってわんわん泣いた、誰にも聞かれないように。だって私は、従一位の豊臣吉子だから。だって私は、夫を献身的に支え、豊臣のためには側室にも嫉妬せず、養子をやたら連れてきても文句ひとつ言わず育児に徹する、アイアン夫人だと思われているのだから。

ひとしきり泣いたら、私は侍女に大きなまんじゅうを持ってこさせ、三つ一気食いした。侍女たちは山姥を見るような目で私を見ていたけれど、私は気にせずむさぼり食べた。小豆の甘みが頭にじいんと染みて、ひりひりしていたところに麻酔が効いてきた。少女の頃から憧れていた砂糖のべったりとした甘み。今は食べたいだけ食べられる。失ったものがあるなら、得たものもあるはず。人生なんてとんとんだ、そうでしょう?

秀吉の血が通う子が跡継ぎになるのはよいこと、と私は自分に言い聞かせ、再び立ち上がった。無事に出産するためにできる限りのフォローはしたし、秀吉も彼女のお産のために淀城を築いた。このときから彼女は淀殿と呼ばれるようになる。淀殿はここで無事に鶴丸という男の子を生んだ。そして秀吉は生後三ヶ月になった鶴丸を大坂城に連れてきた。ここで正式な後継者としてお披露目するという。私がいれば淀殿もいろいろやりにくいだろうと、都に秀吉が新たに築いた聚楽第《じゅらくだい》に移ろうとしたけれど、秀吉が、

「あなたも鶴丸のお母さんだから」

と、鶴丸に会っていくように言った。ということで、必然的に淀殿にも会うことになった。

本丸の奥御殿の一室で控えていると、小さな鶴丸を侍女に抱かせた淀殿が、しゅるしゅると絹の音を響かせて入ってきた。二十三歳、白く細い顔。黒々とした髪。きゃしゃな肩。両手をついて、セリフを棒読みした。

「北政所《きたのまんどころ》さまにおかれましてはご機嫌うるわしう……」

聞こえない。声ちいさい。

「お顔を見せてくださいな、淀殿」

と言うと、すっと上半身を立てた。黒目がちな目が、笑っていない。とても美しいのに、怒っているように見える。プリンセスだと思っていたけれど、これはもうクイーンの風格だ。

私は気恥ずかしくなって目をそらした。

「よくご無事にご出産されて、私も安心しました」

淀殿は黙っている。私は軽く咳払いをして、鶴丸を抱かせて、と侍女に言った。私の腕の中の鶴丸は機嫌良よく目をキョロキョロと動かしていた。お腹も満ちているのだろう。

「ほんとうにかわいいわね。よちよち、よーちよち」

やはり淀殿は黙っている。

「よく抱いてあげてるの？」

と聞いたら、いいえ、とだけ答えた。

「小さいうちは大変だけど、何かあったら相談してね」

そう言うと、片方の口の端を少しだけあげた。不気味な笑顔だった。遠い人だと思った。お互い行き来して鶴丸を育てられたらと思っていたけれど、きっと彼女は私を寄せ付けない。いいや、私自ら溝を作るだろう。彼女は、父や母の悲壮の最期を目の当たりにし、ついにはむりやり年老いた天下人の妻とさせられた人。でも彼女のたたずまいは、悲劇とか不幸という簡単な言葉を寄せつけない。極北にひとり、美しく禍々《まがまが》しく立っているのだ。私は田舎づらをさらした観客の一人として、そこに座っていた。


そしてあの愛らしい鶴丸が、三歳で亡くなった。秀吉の落ち込みはこれまで見たこともないほどだった。淀殿はまだ若いんだからまた可能性はある。そう言っても、もういいもういい、と言って、秀吉は甥の秀次を後継にして、関白職を譲ってしまった。もはや夢も叶い、目的を見失ったのだろうか、と思ったら、途方もないことを言い出した。朝鮮に出兵し、最終的には大国の明へ自ら出陣して手中に収める、と。

「藤吉郎、もう十分じゃないの。これ以上何がほしいの」

つい昔の口調で問いつめると、

「出兵の話をすると、家臣らが俺のことを老害だの妄想癖だのと陰で言う。そうではない、俺の意識は鮮明だ。俺はバテレン宣教師とずいぶん話をしてきたが、あいつらは教えを説く高潔の徒ではない。侵略者の先鋒だ。大名たちを次々とキリスト教に宗旨替えさせて日本侵略の手先にしようとしている。しかもあいつら、禁じても禁じても、日本人奴隷を大量に自国に送り出している。早く実効的な手を打たないと、日本はスペイン、ポルトガルの手に落ちるんだよ」

ペラペラと昔の口調だったけれど、内容は天下人のそれだった。この人は、信長のやりかけたことをやりとげようとしている。

「だからまず、日本は侵略されるショボい国ではなく、〝侵略する国〟だと思ってもらわないと」

秀吉は大陸侵攻の前線基地として肥前に名護屋《なごや》城を築き、自らもおもむいた。このとき同伴した淀殿が、彼の地で再び懐妊する。秀吉は言い訳でもするように、私に手紙を送ってきた。

「また赤子ができたらしいけど、俺自身はもう子どもはいらないと思っている。今度生まれてくる子どもも、淀殿だけの子だから」

こんなことを書いて私が喜ぶと思っているのだろうか。甘く見たものだな、藤吉郎。どうしても淀殿になれない私は、「北政所」——豊臣の家政を一切取り仕切るCEOとして生きることを決めた。だから淀殿が肥前から戻って大坂城で男子を産むと、私は西の丸に移り、本丸には淀殿と息子の拾《ひろう》を住まわせ、豊臣の後継者に細心の気配りをした。

もう大陸にしか興味がないと思っていた秀吉だけれど、さすがに拾が生まれると大坂城に戻ってきた。赤子をじいっと見てると、秀吉は何を思ったか、関白の秀次に会いたいと言う。

「あいつさ、最近調子にのってるよね」

秀吉は「前関白」という意味の「太閤」を名乗っており、政治の実権は持ち続けていたが、関白である秀次も独自の政策を打ち出していた。後継、政策、二重の意味で秀吉は秀次が疎ましくなったのだと思う。かといって、あのやり方はひどすぎた。謀叛の罪をなすりつけて秀次を追放して切腹させ、妻子三十人あまりを都の三条河原に連行して皆殺しにしたのである。都中がふるえ上がった。

秀吉は、自分の振り回す刀がどれほど大きくなっているのか、気づいているのだろうか。これは大義のための防御だ先制だ、と言っても、人々の目には狂気にしか映っていなかった。日本だけではなく朝鮮でもおびただしい血が流れている。大義もわからず殺し殺されていく人々がいる一方で、六十二歳になっていた秀吉は、

「醍醐で花見をしようよ」

と言い出した。桜の名所として知られる醍醐寺に「都中を驚かせるくらい」の絢爛な行列を作っていくのだという。一番の輿には私、二番の輿には淀殿が乗って醍醐への行列は進んだが、私は桜よりも警備のもののものしさが気になってしようがなかった。こんな厳戒態勢で見る花見なぞ楽しいものか。つまり、秀吉はいつ暗殺されてもおかしくない状況だったのである。私も孤独だったけれど、秀吉もまた、孤独だった。

その年の内に秀吉は体を弱めていった。即戦力の後継者だった秀次を自ら消し去ったため、豊臣に残るのは淀殿が生んだ五歳の秀頼。その先行きをだれもが危うく思った。伏見城で病の床に伏した秀吉は何度も家老たちを呼びつけ、「何があっても秀頼への忠誠を貫くこと」を約束させ、血判まで押させた。そこには徳川家康もいた。私はしらけた思いでその様子を見ていた。

「藤吉郎、あなたが彼らの立場だったら、その遺言を守る？　戦国がそんなに生ぬるいものではないと、あなたが一番知っているでしょう」

そして藤吉郎は死んだ。

朝鮮出兵はフェイドアウトしたが、これを機に国内でのバテレンの動きは沈静化していたので、出兵にはそれなりの意味があったようだ。秀吉の死を受けて、徳川家康が伏見城で政務を執り、圧倒的な力を持ち始めると、秀吉の五奉行の一人であった石田三成が反旗を翻し、家康と関ヶ原で対峙する。すでに実質的な力を持つ家康の東軍か、豊臣政権の維持を訴える三成の西軍か。天下の武将たちが二つに分かれてぶつかった。勝利を収めたのは家康。

その理由は、西軍だった小早川秀秋が東軍に寝返ったためと言われる。秀秋は、私の兄・木下家定《きのしたいえさだ》の五男、つまり私の甥っ子。小早川家に養子に入っていたものの、豊臣の後継者候補にも挙がっていた。戦が始まる前から北政所、つまり私にご恩があるなら家康方に付けと東軍側から言われていたらしく、私が秀秋に寝返りを勧めた、という噂も流れていたらしい。たしかに東軍には私が養子として面倒を見た武将が多い。でも西軍は豊臣政権の維持を掲げているのだから、どうして私が堂々と東軍に味方できようか。私は秀吉の菩提を弔うために都の三本木というところに隠居していたのに、世間はまだまだ私を放ってくれなかった。秀吉の依り代のように扱われるのははなはだ迷惑なことだった。

私の心は完全に豊臣家CEOを降りていた。夫の菩提を弔うため、というのは表面上のことで、ほんとうは先が見えていたからである。私は寝床に入るたびに目を閉じて秀吉に謝っていた。

「ごめんね、藤吉郎。私はもう、豊臣は守れない、守らない。だって、あれはもう、泥の船」

淀殿も賢くて、関ヶ原の戦いでは西軍に付くとは表明せずに、秀頼を出兵させることもしなかったため、敗軍の将にならずに済んだ。敗軍の将ではないけれど、征夷大将軍は家康が就いた。淀殿は「おのれあのタヌキ」と叫んだらしいが、家康も賢くて、自分の孫娘・千姫を秀頼に輿入れさせた。豊臣と徳川はこの幼い夫婦によって結ばれ、タッグを組んで新しい国作りをしますよ、ということだった。私が降りた豊臣家ＣＥＯを、実質的には淀殿が引き継いだのである。秀吉亡き後、彼女は自分の人生を歩み始めていた。

私はようやくこのとき出家が認められて、都の東山の高台寺を建立して尼寺とした。ささやかな草庵でよいと思ったのに、

「いやいや、太閤の奥さまがそんな」

と家康がやたら資金援助をして立派なお寺になってしまったのは、彼も私が東軍を支持したと信じているからだろうか。それとも、これから彼自身のすることに口出し無用、ということだったのだろうか。

家康は七十歳になっていた。「死ぬ前に大坂をなんとかしないと」と思ったのは、輝かしい徳川政権の未来に、若い秀頼の存在がどこまでも脅威に映ったためだろう。家康が二十万もの大軍を率いて大坂城の秀頼を攻めると聞いたとき、私は輿に乗って大坂に急いだ。私が大坂城に入れば家康だっておいそれと攻撃しないし、講和するように淀殿も説得できる。豊臣を守ろうという気持ちはもうないが、せめて「まんかかさま」となついてくれた秀頼を生きさせたい。それに、関ヶ原なら兵しかいなかっただろうが、大坂城が落ちれば、城下の

人々にどれだけの犠牲が生じるだろう。私は「急いで」と叫んでばかりいた。ところが鳥羽のあたりで徳川軍に道を塞がれた。

「高台院さま、どうかお戻り下さい」

私の動きを家康は読んでいたのである。私と淀殿の結託を阻止しようとしたのだろう。幸いこの冬の陣は講和したが、翌年の夏の陣で、家康は本気を出した。

あの日、東山の中腹にある高台寺の境内から南の方を見渡すと、大坂の空が赤く染まっていた。あれは、大坂城が燃え落ちる火。豊臣の終焉を告げる狼煙。

戦国時代はこうして終わった。私は高台寺でただ仏さまに向かう日々だった。尼寺として名前が広く知られたため、戦国の嵐に巻き込まれて悲惨な体験をした女性たちが、救いの手を求めてやってくることもあり、私はお付きの侍女としてなるべく多く受け入れた。その代わり、夜のとばりが降りると、退屈しのぎに彼女たちを呼んで、体験談を語ってもらった。

「私はつたと言います。父は山田去暦《きょれき》と言い、関ヶ原の戦いのとき、石田三成より大垣城の守備を仰せつかりました。

昼夜いくさはあり、家康軍は石火矢を撃つ前、必ず近隣に今から撃つぞー、と触れ回りました。なぜならこの石火矢が撃たれると櫓もぐらぐらと動き、地が裂けるような音がするので、それだけで失神してしまう人もいるためです。ですから、知らせがあって轟音が響くまでは、まるで稲妻が光ってから雷を待つような感じでした。最初は怖くて死にそうでしたが、そのうち慣れるものです。私や母、家臣の奥さんや娘たちはみんな天守閣で鉄砲玉を鋳ていました。また、味方が敵の首を取ってくると、それに札を付けて並べ、首にお歯黒をつけるのも私たちの仕事でした。お歯黒の首は貴人のものとされて価値が上がるのだそうです。最初は不気味でしたが、慣れると怖いものではありません。生首に囲まれた血なまぐさい部屋でグウグウ寝るのも慣れました。でも、あるとき鉄砲玉が撃ち込まれ、目の前で十四歳だった弟が吹っ飛びました。むごいものを見てしまいました。

いよいよ明日には城は落ちるだろうと、みんな覚悟していたところ、父がこっそりとやってきて、逃げようと言うのです。実は矢文が届いていて、父が家康さまの書道の師であったことから、逃げたいなら助けてやる、どこにでも落ちていけ、という通達があったそうです。私たちはすぐに北のお堀の脇からハシゴをかけて城壁に上り、縄を下ろして堀に出ると、盥《たらい》に乗って渡りました。私と父母、他に大人四人ほど、あとは城に残ったままでした。途中、身重だった母がお腹が痛いと言い出して、そのまま道ばたで女の子を生み落としました。水もないので、田んぼの水で赤子の体を洗ってあげて、父は母を背負い、青野ヶ原へと逃げの

びました」（『おあむ物語』より）

「私はきくと言います。大坂城で淀殿に仕えておりました。あの日、私は大坂城の長局《ながつぼね》でそば粉を取り出して、下女にそば焼きをするよう指示していました。ところが城内から火の手が上がっていると言います。千畳敷の縁側に出てみると、たしかにところどころ燃えていました。私は局に戻って着られるだけの衣をぜんぶ身につけ、秀頼公から拝領した鏡もふところに入れて台所に行くと、男たちが『逃げないで、けが人の世話をしろ』と叫んでいます。冗談じゃないと私たちは逃げました。途中、豊臣家の『金の瓢箪』の馬印が落ちていたので、このまま置いておいては恥辱となる、と壊して捨てました。

逃げるのが早かったためか、外はずいぶん静かで、敵兵もけが人も私の目には入りませんでした。そこに不審な男が現れて、錆びた刀を持ち、金を出せと言うのです。私はふところにとっさに入れてきた竹流しの金を与え、藤堂高虎の陣はどこかと問いました。高虎は徳川方でしたが、私の父と親しかったためです。『松原口だ』というので、そこまで連れて行ってくれたらさらにお金をあげます、というと、道案内をしてくれました。しかしその途中で、同じく城を抜け出す要光院《ようこういん》殿（淀殿の妹・お初）の一行にばったりと会いました。私はそれに駆け寄り、ともに森口へと逃げていきました」（『おきく物語』*より）

女たちは、たくましかった。どうやっても生きようとした人が、たしかに生き残った。私も、どうやっても生きようとした。もし私が豊臣を見限らず、淀殿とともに大坂城で徹底抗戦をしようとしていたら、やはりあの赤い空の下で灰になっていただろう。

淀殿は、滅びの似合う女性だったように思う。地べたから這い上がった私は、雑草のように強かった。そう、私は生き残った。私が勝ったのだ、淀よ。なのに、雨の降る日はいつも、私は落ちくぼんだ眼窩から黒目をぎょろつかせ、軒から滴るしずくを見つめては、どうしようもなく淀殿をうらやむのだった。私は、あなたになりたかった、と。

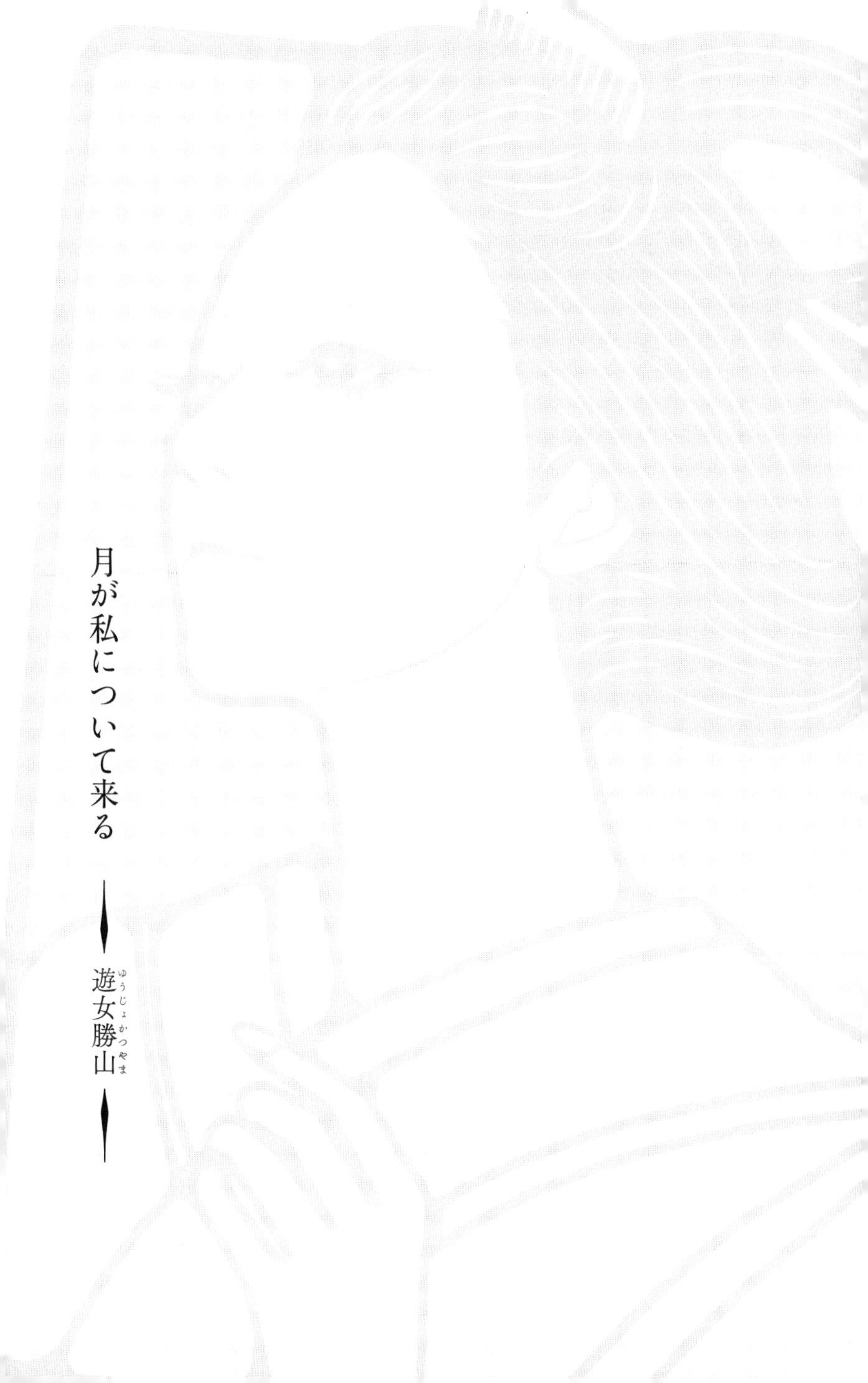

# 月が私について来る

遊女《ゆうじょ》勝山《かつやま》

勝山といへる女すぐれて情けもふかく、髪かたち、とりなり、袖口広くつま高く、万《よろず》に付けて世の人に替りて、一流これよりはじめて、後はもてはやして、吉原に出世して、不思議の御かたにまでそひぶし、ためしなき女の侍《はべ》り　（井原西鶴『好色一代男』）

（勝山という女は愛情豊かな人で、髷の形や見た目、たとえば着物の袖口を広くして褄《つま》を高く掲げるなど、とにかく世間とはちょっと違うスタイルを持っていて、一流とは彼女から始まる。後には吉原の太夫《たゆう》に出世して、大名のお相手までしたとか。前例のない女である）

私は過去の話はしない。なぜといえば、おもしろくもなんともないから。腹がよじれるほどおもしろい話があればいいけれど、特にないし、人の思い出話なんて、たいがいつまらない。そもそも私には、過去がない。どこかのドブ川に捨ててしまった。なのに、何度か床をともにした男は必ず聞いてくる。

「お前さん、生まれはどこだい」

「ここに来る前はどこの河岸にいたの」

「さぞつれえ過去があったんだろう」

「俺にはなんでも話してくれよ」

私はじっとお客の顔を見すえて、吹き出すのを我慢する。この人たちは私を自分よりずっと弱い人間だと思っていて、自分だけは理解できるし、つらい境遇を聞いてやるだけの度量があると思っている。

「あれこれ昔のこと聞いてくる客ほどいやなものはないね。やることやってさっさと去れ、って感じ」

私は鏡に向かって髪を整えながら、朋輩のさだちゃんに言った。

「えー、私、聞かれたことないよー」

綿入りの着物を肩に掛けたさだちゃんは火鉢で手をすりすり擦り合わせながら、

「それはさ、おかつちゃんに興味があるから聞くんでしょ。私なんか、きっと掃き溜めくらいにしか思われていないから、何も聞かれない」

「さだちゃん、やめな、そういう言い方」

「ほんとだよ。やることやったらさっさと帰るもの」

「その方がよほどいいや」

私は笑顔を一個あげると、さだちゃんは嬉しそうに肩をすくめた。

「私、おかつちゃんの笑った顔、ほんとに好き」

「さあ、もうお客さんが上がってくるよ、行こ」

と言うと、はあい、とさだちゃんが綿入れを肩から落とした。牡丹の花がゴテゴテと描かれたなめかしい着物姿。襟足をぐっと下げて華奢な鎖骨を惜しみなく出しているけれど、隠しきれないおぼこさがあった。ここにいる子は、みんな悲しい過去がある。または、過去ができる前にここに来て、悲しい過去を積み重ねている。それをわかっていて男たちはあえて過去を聞くのだろう。彼らは性欲を満たすためだけでなく、自尊心も満たしたくてここに集まる。自分より弱いものを探して、いたぶって、安心する。

チントンシャン。古参のせつネエさんが三味線を弾いて、私が少し小唄を唸ると、さだちゃんは風呂上がりでさっぱりしたお客に酌をする。安っぽい金屏風を背に若侍を相手にしているカネちゃんは、眉を剃り落としてお歯黒をし、不自然なほどに白い顔を行燈の灯りにさらしている。男にしなだれかかる体は丸い影になって、日向ぼっこのカワウソのような。

私の勤め先は、風呂屋である。と聞けば銭湯を想像するだろうが、銭湯は「湯屋」であって、風呂屋は、男性客が蒸し風呂から出たところを湯女《ゆな》という女が爪で垢を掻いてあげて、髷も結ってあげて、その後、二階で宴会をしてそのまま性的サーヴィスを行うところ。つまり、風俗店である。私はその湯女です。

どうして風呂屋なんかで？　それを説明するにはまず、みんなが知る吉原遊郭の話をしなければならない。

このころ、つまり徳川家康が江戸に幕府を開いてまもなく、江戸は男だらけのむさ苦しい都市だった。家臣団はもちろんのこと、建設ラッシュに対応する人足たち、または戦国の世が終わって職を失った浪人などがぞくぞくと江戸になだれ込んで、人口の三分の二が男だったという。人が増えるところに集まってくるのは、芸人と遊女。まして男が多ければ必然的に遊女の需要は増える。このとき傾城《けいせい》屋と呼んだ遊女屋が増えすぎて、いっとき幕府が遊女追放令を出すほどだったが、こんなもの、徹底して取り締まれるわけがない。そのため、関ヶ原の西軍の残党が江戸に入り込んで遊女屋を根城にしているとか、遊女屋に居続けて身代をつぶして犯罪に走る人がいるともささやかれ、規制のない遊女屋の乱立は江戸の治安をおびやかしたようだ。そこで都や大坂、駿河にあるような、一定のルールによって営まれる遊女町が江戸にも必要、ということで、庄司甚内《しょうじじんない》という傾城屋組合代表がお上に遊女町の設立要望書を提出した。そこには、遊女町を作ることでこんなことが防げます、と書かれていた。

・遊女屋で放蕩したあげくに行われる使い込みや横領
・さらってきたり、自分の養女にした女を遊女屋に売ること
・浪人や悪党、失踪者の潜伏

表面上はいいこと尽くし。しかしこの要望書を出されてまもなく大坂の陣があって幕府はドタバタ、もう遊女町とかのんきなことを言ってる場合じゃないって、と五年放置され、一六一七年にようやく吉原遊郭が誕生した。このときお上が付けてきた条件は、

・吉原以外では遊女屋を営んじゃだめ。派遣も禁止

・遊女屋には一日一晩以上泊まらせてはだめ
・遊女に贅沢な衣裳は着せない。藍染めの着物で
・店構えも質素に
・不審者がいたら必ず奉行所に通報すること

こんなことで創設された吉原は、当初は見渡す限り葭《よし》の茂るじめじめの湿地で、傾城屋組合は「ここかよー」と眉をひそめたらしい。それで「葭原」という町名になったが、後日、縁起のいい名前にしようということで「吉原」になったとか。開発が進んでいよいよ繁盛してきたけれど、そのタイミングでやっかいな命令が出た。「夜間営業禁止」である。これは夜行性動物に昼起きてろ、というようなもの。案の定、吉原への客足は減り、それに代わって盛り上がりを見せてくるのが私の職場、風呂屋である。

江戸っ子はお風呂好き、と言われるが、江戸の地質は火山灰層だからほこりっぽい。しかも建設業の人足たちは大量に汗もかくし、必要あって江戸っ子はほぼ毎日銭湯には入っていた。蒸し風呂だから素っ裸ということはないけれど、混浴であったため、自然、なまめかしい気持ちになる人もいる。そこで、堂々となまめかしい気持ちになってもらいましょう、ということで「風呂屋」が生まれた。ここではもちろん夜間営業禁止なんていう規制はないし、いわゆる私娼窟《ししょうくつ》であるから安価。わざわざバカ高い吉原に行かなくて済むのだから、風呂屋はまたたくまに人気ナンバーワン風俗にのし上がった。

私の職場は江戸・神田の風呂屋が立ち並ぶ「丹前風呂《たんぜん》」の紀伊國屋。丹前風呂とは、堀丹後守の屋敷の向かいにあったためにこの名が付いたという。幕府は風呂屋が抱える湯女は三人まで、と通達してきたため、垢を掻く女と二階の女は別にしてあったが、中で誰がどういう動きをするのか幕府が干渉できるわけもなく、実質的な遊女の数はうやむやだった。

だから私は男たちの垢も掻いたし、夜のとばりが降りれば着替えてお化粧をして、宴席で酌をして、そのまま床の相手もした。私は十八歳、さだちゃんはまだ十六歳、湿気と闇に肌をさらす若いセックスワーカーだった。

その日、武家風の四十歳ほどの客がやってきた。武士というには薄汚れていて、腰にさした大小二本の刀も真剣ではない気がする。髪も月代《さかやき》ではなく、総髪で後ろにまとめただけだった。私はふだん通り淡々と、「いらっしゃいませ」と蒸し風呂の箱にいざない、出てきたところを椅子に座らせて、私は湯帷子《ゆかたびら》にしごき一本巻いた姿で男の背中を丁寧に掻いた。

「へえ、ここ、こんなサービスしてくれるの」

「え?」

「あー、気持ちいい。なんだかごめんねえ」

私の手が止まった。この人、湯屋と間違えたのだろうか。風呂屋は当時珍しい二階建てだから、湯屋との違いはわかりやすいのだが。

「あのう、お客さま」

「久しぶりの風呂だ、垢だらけでしょ、恥ずかしいな」

やはり間違えている。

「あのう、ここ、風呂屋ですよ。湯屋じゃないですよ」

「風呂でしょ?」

「風呂はありますけど、私みたいなものが、いろいろお相手するところです」

「あなたが」

ようやく振り向いて、体にぴたりと湯帷子をまとわりつかせる私の体をじいと見て、

「ああああっっ」

と立ち上がり、いや、まちがえた、ごめん、と慌てて出て行こうとした。他の客がどっと笑って、

「あーあ、お武家さん、どこの田舎から来たんでえ」

「江戸名物だ、帰るこたねえ」

などと言われている。夕闇どきで洗い場は暗く、二つだけ灯した行燈は私たちからは遠かった。私は男の慌てぶりがおかしくて、その腕をとった。

「どうぞお武家さま、せっかく立ち寄られたご縁でございます。お体さっぱりしましたら二

階へもどうぞ。たあんと酒肴もご用意しておりますし」

と言ったら、

「いえ、私は国に妻子もありますし、持ち合わせも少ないのです。ご勘弁を」

またどっと笑った。律儀だねえ、とか、俺だってカカアはいるけど別物別物、だのと声がかかる。私はこの性格のよさそうな客を離したくなかった。ちょうど私の苦手な常連が来る日、来る時間だった。ここでこの無毒無害ぽい男を引き留めておければ、あの常連からは逃げられる、と思った。が、男はいやいやまた今度、と洗い場を出た。そしてすれ違うようにして嫌な常連が入ってきた。この白髪の隠居・ベン爺はとにかくえらそうで体の合わせ方も執拗で、本当に苦手。優しげな男を逃がしたこともあって、私はベン爺の態度にげんなりした。

「おい、脱いだもん、たたんでおけ。洗うのはそこそこでいいから、さっさと二階に行くぞ」

ベン爺はそう言うとずかずかと奥の蒸し風呂に入っていく。私はまだ外の薄明がさす脱衣所で、意気消沈しながらベン爺が脱いだものをたたんだ。すると、さっきの男が着物をまといながら、

「ほんとに、すみません」

と言うので、座ったまま見上げると、男は私の顔にしばし見入って、

「あの、余計なことかもしれないけど、いまのおじいさん、嫌な客?」

私はちょっと悩んだが、コクンとうなずいた。私の表情をよく見ている。

「そうか。私があなたを買ったら、大丈夫?」

情けをかけられるのは悔しいけれど、ベン爺が私の名前を呼ぶ声がして、今度は急いでコクンとうなづいた。男は、そうか、と言って、また着物を脱いだ。

私はずっと男の背中を掻き続け、ベン爺に何度も「おかつ、こっちに来い」と呼ばれたけれど、「はあい、先客さまが終わってから」と何度も何度も言って時間を延ばしていると、ベン爺はタコみたいに赤くなって怒り、風呂屋の亭主を呼んだが、亭主もこのベン爺の質の悪さをよくわかっていたので、

「へえ、そうですけど、順番がございますし」

と取り合わなかった。そしてプンスカ怒ったまま帰ったのだった。

「ああ、お武家さま、助かりました」

私はようやく掻くのを止めたら、男はぐぐぐ、と前のめりになった。背中を掻きすぎたのである。

「ひゃあ、ごめんなさい、堪忍してください」

と言って、やさしく手のひらで撫でたら、ほう、と一息ついて、

「いいえ、大丈夫です。よかったですね。じゃあ私はこれで」

と、いたたたたと言いながら脱衣所に向かった。私はそれを追いかけて、

「ありがとうございました。ほんとに、私、プロとして失格なんですけど、あのベン爺だけはどうしても苦手で、嫌なことばっかりしてきて、すみません」

と顔を赤らめて頭を下げた。

「いいえ、どうせまた来るのでしょうが、今日だけでも楽ができたでしょう」

そう言って着物をまとう。

「あの人、いつもこの時間に?」

「はい、五のつく日の、暮れ六つに」

そして私は再び二階へ誘ったが、やはりそれは断って男は闇に消えた。


それから、男は五のつく日の暮れ六つに必ず現れ、やはり二階には上がらずに帰っていった。ベン爺は男がお武家さまとわかっていたので文句も言えず、私はある程度背中を掻いたら、ベン爺が帰るまで、ずっと男の背中を撫で続けた。そんなことが三ヶ月も続くと、私は背中を撫でながら泣いていた。それに気づいて、男も湯気が目にしみるようなそぶりで自分の涙を拭いていた。私たちはどうしようもないほど好き合うようになっていた。ほとんど湯気で見えていないし、言葉を交わさないけれど、てのひらと背中でずっと会話をしていたよ

うな気がする。でも私は湯女で、不特定多数の男と寝る身であったし、男は国に妻子があると言っていた。どうにもならなかった。

ある五の付く日、私はもう来ないで、と伝えようとして、行燈を持って帰る男を追いかけた。遊女といえば籠の鳥と思われがちだが、それはもう少しあとの新吉原での話で、風呂屋ではお休みも取れたし、気軽に外出もできた。

「お武家さま」

と背中に呼びかけると、男は驚いて、

「出てきて大丈夫？　怒られない？」

と私の肩に手をかけた。私は湯帷子に綿入りの着物を羽織っただけだった。首を軽く振って、

「お話があって」

「そう、でも、私は浪人の身でね、お武家さまなんて言葉は合わないんだ、池田って呼んでください」

初めて名前を知った。い、け、だ。私は愛おしい思いで口にしてみた。

「池田さま、もう無理に来ないでください。お金も使わせてしまうし、人をえり好みする立場ではないのです。つい甘えてしまって」

そう言うと、

「いえ、私も来月になったら国に戻るのです。それまで、と思って通っていました」

そうですか、と私は肩を落とした。そうか、本当に会えなくなるのか。

「じゃあ、あの、一日だけデートをしてくれませんか」

自分でも自分の口から出た言葉に驚いた。

「デート」

池田は目を白黒させた。長い沈黙があった。半月が天頂にさしかかり、あちらこちらの風呂屋から嬌声が聞こえてくる。

「それではお芝居を観にいきましょう」

「お芝居」

私は声をあげた。姐さんたちから聞いて、一度は行きたいと思っていた。このころ歌舞伎が全盛期であり、ついこの前、遊女歌舞伎に三度目の禁令が出たところだった。歌舞伎とは出雲出身のお国という人が編み出した男装による舞であり、都で大ブームとなって江戸でもさかんに行われたが、やがて遊女たちが群舞するのを男たちが見定め、夜のお相手を指名する場になってしまった。幕府が何度も禁制を出すと、猿楽以来の男性による芸能が再び脚光を浴びるようになり、美少年が踊る若衆歌舞伎がたいへんな盛り上がりだという。

「葺屋町《ふきや》*の芝居小屋が評判上々ですし、そこにしましょう」

と、池田はわりに芝居に詳しいようだったので、約束をして別れた。私はたぶん、これが人生で最初のデートで、最後のデートだと思った。

数日後、私は化粧を極力うすくして、眉も素人風に書き、着物はもっとも地味な縞のものを着て、半襟にだけ少し紅色を入れて待ち合わせの橋に向かった。池田を日の光の下で見るのは初めてだった。鬢《びん》に少し白髪は交じっているものの、目尻は下がって口角は上向きの、優しさがにじみ出た顔だった。二人とも気恥ずかしくてなかなか目を合わせられなかったが、行きましょうか、と肩をふれあいながら歩いた。湯女の自分に、こんな日が来るとは思っていなかった。

お堀と商家に挟まれた土埃の道を、多くの人々が芝居町に向かって歩いていく。夏の始めで風鈴の出店が涼やかな音を立てて、金魚売りの声、呼び込みの声、野菜売り、籠売り、走り回る子ども、立ち話に興じる花のような町娘たち。世界はこんなに明るいものだったのか。

トントントントントントントン。遠くから聞こえてきた太鼓の音に、私は足をとめた。

「どうしました?」

池田がのぞき込んだ。

「この音は」

「ああ、これは芝居小屋の人寄せの太鼓ですよ。ほら、あれ」

池田が指さしたところは大きな芝居小屋の屋根に上げられた櫓。中で太鼓を叩いて芝居が始まることを告げている。私、この音を昔聞いた、と思ったとたん、耳鳴りがして、膝がふるえだした。

「具合悪い？　人に酔ったかな」

「大丈夫です、行きましょう」

私はこの風景、この音を知っている。そして、一歩先を歩く池田の後ろ姿を見て、また鼓動が早くなった。息苦しい。言い知れぬ恐怖が襲ってきて、私はしゃがみ込んでしまった。


日本橋川の川縁に腰をかけて、深く息を吸っていたころには、私にはあの恐怖の理由がわかっていた。池田が濡らしてきた手ぬぐいを私の額に当ててくれたとき、私はふと言ってしまった。

「池田さま、わたし、芝居町で捨てられたのです」

風呂屋の亭主によれば、私は六歳か七歳のときに女衒《ぜげん》に連れてこられ、まだちっこいが見習いにでも雇ってくれ、と言われ、亭主も世話になっている女衒ゆえに下働きとして預かったそうだ。私は姐さんたちの身の周りの世話をしたり、手が足りないときは客の背中も掻き、初潮を迎えると二階に上げられた。

おそらく私は全身で、捨てられた過去を忘れようとしていたのだろう。どこかの貧しい農村から売られてきた、と勝手に自分の過去を作り上げて納得していたが、芝居町の賑わいの中で、

「おかつ、ここで待ってな。氷水を買ってきてやる」

と言った父の言葉を思い出した。父親が、顔は塗りつぶされた父親が、そう言って、私に背中を向けた。髷はなく後ろに結って、腰に大小の刀二本をさして、ヨレヨレの袴。そしてその父の後ろ姿は雑踏に交じって見えなくなり、二度と私の前には現れなかった。その記憶が、芝居太鼓の音と、池田の後ろ姿を見てよみがえった。父は武士だった。だから私は、丹前風呂で唯一字が書けるのだ。

私は過去の話はしない。だけど、池田にはぽつりぽつりと話していた。

「いくら食い詰めても、武士が娘を手放すなんて。どこぞの傾城屋に売れば銭を手に入れられたでしょうに。どうして、どうしてあんなところに置いていくの。どんなに、どんなに怖かったことか」

私は怒涛のようにあふれてくる記憶に泣いた。池田は優しく背中を撫でて、

「傾城屋に連れて行けば、あなたは遊女になるしかないけれど、だれかいい人に拾ってもらえたら、今より楽な生き方が待っているかもしれない、そう父上は思ったんだよ。お父さんは、一か八かに賭けたんだよ」

「でも結局、私は湯女だもの。下の下の下の存在」

「あ、待って。芝居町で捨てたってことは、芝居小屋に拾ってもらいたかったのかな」

池田はいいようにいいように、少しでも私の心が楽になるように話をもっていく。ネガテ

ィブな言葉も使わない。おそらく無意識なのだろうが、彼の言葉は私の心の氷をどんどん溶かしていく。父は私をなんとか生かそうとしたのかもしれない、そう思えてくるのだ。

「池田さま、私、初めて、自分の話をしました。お客さまにあれこれ聞かれても、絶対話したくなかったのに」

「でも、おかつさん、あなたがいったいどこから来たのか、私も気になりましたよ。あの風呂屋で浮いていますから、一人だけ。背筋がぴんと伸びてて色白で、所作が美しい」

「やめてください、六歳で捨てられたのですよ、武家の作法など身についているわけはありません。十年以上も、風呂屋の二階で客が残したものをかっ込む生活ですよ」

「いいえ、あなたを通して私には見えますよ、あなたにきちんとしたしつけをした、お父さんやお母さんが。よほどの事情があったのでしょう」

やがて二人はふたたび芝居小屋に向かった。やめましょうか、と言われたけれど、もう少し池田といたかった。

「池田さまの言葉は、ほんとに気持ちいい」

そう言って腕に抱きつくと、

「おかつさんのてのひらは、もっと気持ちいいものですよ」

そして私は若衆《わかしゅ》歌舞伎に見入った。前髪をふっさりとたたえた美少年が、女性よりも女性らしく舞う。もともとは男装をした女性をまねるので、男女が逆転したものをさらに逆転させるという、ややこしい倒錯の世界だった。でも、男が男装しているのに、決して男にはならない。表情、しぐさ、声色すべてに女が練り込まれていて、両性をたゆたう妖しい美が浮かび上がってくる。

「私ね、これを見れば、いつも「井筒」という猿楽を思い出すのですよ」

池田が芝居の帰り道で言った。井筒は世阿弥が「俺の超自信作」と言い切った演目で、『伊勢物語』に材を取ったものだという。在原業平とされる男がいつも井戸の周りで遊んでいた幼なじみの紀有常女《きのありつねのむすめ》と、将来結婚を誓い合い、結ばれる。男は別の女のもとに通ったりもしたが、女の熱い想いにふれて、また元のような睦まじい夫婦になった。この話が世阿弥の手にかかると、次のような筋になる。ある僧がこの夫婦が住んでいたという大和の在原寺に立ち寄ったところ、里の女が現れて、たけくらべをした井筒をなつかしそうに見て、ありし日の業平について話り出す。そして自分がその有常女であることを告白して去っていく。その夜、僧の夢に有常女が出てきた。彼女は業平の形見の衣裳を身につけて舞い、最後に井筒の中をのぞきこんで井戸の水鏡に映った自分に業平を重ね、追慕して終わる。

「芸の世界では、男女があいまいになるものです。昔の白拍子も男装していましたし、猿楽は男性が女装します。異性が演じることで観る人の想像力が複雑に働きます。それが性を超えた不思議な魅力を引き出すように思いますね」

やはり池田は芝居に対して一家言あるようだった。私は、

「でも、好きな人に触りたいと思うのを超えて、自分ごとまるっとその人になってしまいたい、と思うのはわかる気がする……」

池田は、ほう、そうですか、とニコニコした。私たちは日本橋の橋詰めに着いた。ここでお別れだ。池田は数日後には江戸を発ち、東海道を大坂に向かうという。

「私は実は、武士の身ながら、歌舞伎作家なのです。大坂で台本を書いて日銭を稼いでいたんですよ。仕官のコネがあって江戸に来たのですが、ドタキャンされましてね。それでとにかく見聞を広めようと江戸をうろうろしていました」

なんと。私はそんな職業が存在することさえを知らなかった。

「でも、今日、久々に江戸の歌舞伎を見て、なんだか右手がうずうずしました。やはり私は芝居が好きなようで」

池田の言葉の使い方は、物を書く人のそれだったのかと納得した。もっとこの人の言葉に溺れたい、そう思ったけれど、池田は妻子のいる大坂に帰っていくのだろう。

「どうか、お元気で」

池田は手を出した。私はためらったけれど、一介の湯女が引き留めてもどうなることでもない。しずかに手を添えると、

「ああ、この手、忘れません」

そう言って、私に背中を向けた。その後ろ姿を見て、私は決心したことがあった。

翌日から、私は方々に手配をして、大小二本の木剣と男物の着物を手に入れた。そして夕方になるとそれらを身につけ、さらに髪を頭頂部で結って、くるりと前後に長い輪にして白い元結《もとゆい》でくくった。つまり、男のちょんまげ風である。草履はちょっとかわいく赤い鼻緒にしてみた。この硬軟ミックスがセンスアップの秘訣だ。

「おかつちゃん、ご乱心？」

さだちゃんは不安げに私を見上げていた。

「宴会のとき、いつも三味線の小唄ばかりでしょう？　ちょっと舞ってみたくなって」

「でも、どうして男の格好なの」

「白拍子だって出雲のお国だって、みんな男装したじゃないの」

「えへへへ。いいか悪いかわからないけど、おかつちゃんがそういう新しいアイディアを出すことにびっくりする。そんなに楽しそうなのも、びっくりする」

そして私はせつネエさんに三味線を弾いてもらい、舞ってみた。大げさな振りやら、男がしそうなしぐさをするものだから、さだちゃんもネエさんも大笑い、そのうち、

「なんだか、私、ほれそうになってきた」

「うん、おかつちゃん、かっこいい」

ほら、彼女たちの想像力が、私以上のものを頭に描き出している。池田の言うとおりだ。

そして実際、「紀伊國屋の勝の舞」は評判になってきた。二階があふれるほどになって、

私はいよいよ見た目やしぐさに工夫を施し、時には若衆歌舞伎を見に行って、芸を磨いた。踊っていると、私はしだいに、芝居町で最後に見た父の後ろ姿を自分に重ねるようになった。そして最後には池田が私といっしょになった。好きな男とまるっと同化する快楽に溺れる私は、井筒の女になっていたのだと思う。

やがて勝の舞を見ようと紀伊國屋に行列ができるようになった。亭主は、

「おい、ここは芝居小屋じゃねえぞ」

とぶつくさ言いながら、悪い顔はしなかった。二階での芸をのぞき見て帰るだけの客が増えて収入にならないこともあったが、宣伝費不要で紀伊國屋が江戸中の話題になることが何よりだった。ついに私とさだちゃんはこのへんてこ男装で町を練り歩くようになった。いよいよ宣伝にもなるし、なにより道行く人の視線が楽しくてしようがなかった。やがて紀伊國屋には女まで見に来るようになったかと思うと、「お勝ファッション」が流行り出す。私がちょんまげのまねをしたものは「勝山髷」と呼ばれ、赤い鼻緒の草履は「勝山鼻緒」だそうだ。ちょっと異常なブームに戸惑ったが、この噂が大坂にいるあの人のもとまで届くことを願った。

私はほとんど客を取ることもなくなり、握手したりサインを書いたり絵のモデルになった

り、新しい歯磨き粉を宣伝するポスターのモデルになったり、「カツ・デ・ギャルソン」というブランドのプロデュースなどを行うなどして、なんだか商売は思いがけない方へ向かった。握手会に隠居のベン爺が来ていたのは笑えた。

商売が軌道に乗ってきて、グラサンでもしないと町を歩けないわ、というほど有名になっていたとき、丹前風呂に奉行所の強制捜査が入り、紀伊國屋にも役人がなだれ込んできた。

「けいどうだ！」

乗り込む方も乗り込まれる方もそう叫んでいた。二階にいた私たち湯女はわけもわからず、何、けいどう？　と言われるままに下に降りて奥へ奥へと逃げていったが、薪を積み上げてある店の最奥の釜だき小屋でお縄になった。一人の役人が、私の手首を強くつかんで、

「おまえ、おかつか」

私は睨んだ。

「けいどう、わかるか。警動。私娼狩りだ。岡場所の女郎はみんな犯罪者だぞ。春を売るなら吉原行きだ」

「春なんか売ってないよ。古い話してんじゃないよ」

「ここはどこだ、立派な風呂屋だ。正直、お目こぼしも多いが、おまえは目立ち過ぎたな」

私は息を呑んだ。まさか、私のせいで紀伊國屋が取り潰しになるということか。よかれと思ってしたことが、大変な事態を招いたことに気づいた。これはここで暴れて逃げるより、

奉行所でしっかり話をした方がいいと思い、おとなしく捕まった。

しかし、奉行所で私を迎えたのは、桜の入れ墨をした怖いお奉行さまではなく、ちんまりとしたおじさんだった。

「あんただれ」

私が聞くと、

「吉原の大見世、山本屋の山本芳順です」

そう言って、私の頭の先からつま先までじろじろ見て、

「なあるほど、ふむふむ」

「値踏みするような目で見ないでくれる」

「いや、値踏みしていたのです。あなた、うちの見世に来るのですから」

てっきり牢屋に入れられるのかと思ったら、湯女のランクに応じて吉原の大見世、中見世、小見世、切見世に押し込まれるという。そして年季が明けるまで、つまり二十七になるまで働かされるのである。

「あなたを太夫としてお迎えします。今や大名の奥方まで勝山髷を結っていますからね」

つまりこういうことだった。吉原はせっかく苦労して葭原を開発して遊里を築いたのに、客足がパッとしない。それもこれも風呂屋のせい、湯女のせい、ということで幕府にはっぱを掛けて、私娼狩りを徹底させたらしい。しかも人気の湯女を吉原に取り込む大チャンスで

もあった。そして私は、くじで私を引き当てた山本屋に、最高ランクの太夫として引き取られることになったのである。せつネエさんは切見世、さだちゃんは中見世に引き取られていった。

吉原の大門《おおもん》をくぐるとき、私は首根っこを押さえられて鳥かごに入れられるような気がした。どれだけ白いまんまがたらふく食べられても、個室でふかふかの布団を与えられても、仲間と引き裂かれ、オカツブランドを消された恨みは消えず、私はつねにブスッとすねていた。私はこの反骨精神をファッションで表現した。特に、山本屋から客の待つ揚屋まで出向く「道中」では、都で流行っている内側に向かって円を描いて歩く「内八文字」をやるように言われたけれど、あえて外側に円を描いて、武者絵のような姿で歩いてやった。これが「カツ・デ・ギャルソン」のランウェイの歩き方だ、と言わんばかりに。ところがこれも流行り出す。なんと、八文字歩き発祥地の都でも、「勝山歩き」を真似ているという。吉原でもインフルエンサーとなった私のもとには、次々と広告代理店がやってきて、これを使って、あれを使って、と商品を提供してきた。いわゆるステマ広告である。私はその広告収入を貯めおき、紀伊國屋の亭主やせつネエさん、さだちゃん、その他の風呂屋時代の仲間にせっせと送金した。生活の再生を図れるよう、一年でも早く年季が明けるように。こうなったのも、私のせいなのだから。

吉原に来て三年目、遊郭は幕府の政策で江戸の郊外に追いやられることになった。浅草寺の裏手にある田んぼの中である。けれど、移転前に吉原は炎上して、消えた。いわゆる明暦《めいれき》の大火が江戸を焼き尽くしたのである。私は顔を真っ黒にして、土手の上から焼け野原を見下ろした。裸足で逃げて逃げて逃げているうちに、誰からもはぐれて、一人、芽吹きかけた柳の木の下に立っていた。このまま戻って、新しい吉原で華やかな大夫を続けることもできる。白いまんまもふかふかの布団もある。だけど、私の足は、吉原とは逆の方向へと歩み始めた。裸足でずっとずっと焼け野原を歩いた。誰にも見えない羽が、私の背中についているように思えた。そしてそのまま、飛べる気がした。

# 世界はこの手の中に

葛飾《かつしか》応為《おうい》

葛飾為一　女子栄女　画ヲ善ス　今専画師ヲナス　名手ナリ
（渓斎英泉『无名翁随筆』）
（葛飾北斎の娘、お栄は絵がうまかった。今はプロの絵師になって、名人の域である）

「どことでも行きやがれ。だが、お栄《えい》は置いていけ」

私はあのときのことを鮮明に覚えている。父の北斎は背中を向けて絵筆を動かしながら、出て行こうとする母コトと私と妹二人にそう言った。コトは片方の足をもう外に出していたのに、もう一度引っ込めて、

「まだ八歳の子を、こんな便所みたいなところに置いていけますか」

そう反論すると、

「そんな顔のまずい娘をどんな豪邸に住まわそうってんだ。ここで十分よ。食い扶持も減るだろう」

と、亀が振り返るようにゆったりとこちらを見た。

「食い扶持の心配はいらないよ。さ、行こ、お栄」

「おいこら、お栄は置いていけ」

「なんでそこまで言うんだい」

コトは少し驚いていた。夫は、いや、この元夫は絵に関わること以外にはまったく興味がないと思っていた。

「なあ、お栄。おまえ、ここで絵を描きたいだろ？」

と、北斎は体を起こし、右手に絵筆、左手を後ろについて私を見た。父親の顔を正面から見るのは珍しい。なにせ四六時中紙に向かっている人だった。もう五十近い年だったが、普通の人が見ないものを見てきたことが分かる、深い目の色をしていた。

「うん、私、絵描くのは好き。父っちゃんは嫌いだけど、父っちゃんの絵は好き」

北斎はハハッと笑って、

「心配ならたまに見に来たらいい。お栄は筆を持つ人間だ」

コトはしばらく逡巡して、やがて私の両肩をつかみ、

「時々、見に来るからね」

と言って抱きしめると、北斎に向かって、

「あんた、ちゃんとお栄に食べさせるんだろうね」

「ごちゃごちゃうるせえ」

「食べ物だけは、食べることだけはしっかり頼んだよ」

「わかってらあ」

私はそんなに深刻には思っていなかった。母が千住の実家に戻るのはわかっていたし、ここ浅草からは遠くないのだから、何かあったらそこに行けばいい、くらいに思っていた。私は母ににこにこ手を振ると、北斎の隣に座って筆を持った。

「ほらよ、この書き損じを使いな」

北斎は私に書き損じとは思えない相撲取りのデッサンが描かれた紙をくれたので、私はその隣に、そっくりそのまま描き写すのだった。

たしかに、北斎との暮らしで食うには困らなかった。近所にうまい煮売屋があったおかげでおかずやごはんはそれで賄えたし、北斎に絵を発注する版元もよく差し入れをしてくれた。必然的に、私は台所に立つこともなかったし、だいぶ散らかっても北斎の口からは掃除しろ、という言葉は一切出ず、

「ああもう描くスペースがねえじゃねえか。引っ越しだ、お栄」

そう言って、似たような長屋の一室に引っ越してしまうのだった。母と暮らしていた頃はまだきれいにしていた方だったが、片付けても片付けても北斎が散らかしたため、「うちにはでかい赤ん坊がいる」といつも母はぼやいていた。そして私にも小言を言っていた。「あんたのだらしなさはオヤジ似だよ」と。だから、似たような性格の私と北斎の二人暮らしは、誰にも小言を言われず、家事など煩瑣なことに時間をかけることもなく、のびのびと好きな

だけ絵が描けたのである。

　この頃の北斎の仕事は、黄表紙や読本《よみほん》など、娯楽文学の刷り物の挿絵が主だったと思う。私が十一歳のとき、北斎のもとに『狂歌国尽《きょうかくにづくし》』という刷り物の挿絵の注文がきた。版元からは、誰にどれを描かせるか、絵師の割り振りの相談もあったようで、そのとき、

「お栄。おい、こら、おおい」

北斎は私を呼んだ。私は相変わらず絵に集中すると何も耳に入らない。

「あごよ！」

あご、と呼ばれて私はびくりと顔をあげた。一番いやな呼ばれ方。版元の若い男子が、

「あごって、出汁のあごですかい」

「ちがう、ここだ」

と北斎は自分の下あごをちょんとつつき、

「あの見事なあごは、たしかにいい出汁が出るかもな」

私は目が小さく口はへの字であごが四角い。だから鏡を見るのがイヤだったし、娘らしい着物を着るのも避けていたし、外を出歩くのも気乗りしなかった。北斎は版元に、

「こいつは顔こそまずいが絵の腕はたしかだ。一つ描かせてやってくれねえか」

「え、でも、まだ十過ぎたばかりでしょう。いくら北斎先生のお嬢さまでも」

北斎はにやりと笑って、だめだったら俺が描き直すから、と言って、私に「大海原に帆掛

船図」を描く仕事を回してくれた。ごくごく簡単な絵だったけれど、海に浮かぶ帆掛船の群れを遠近法にのっとって描いたところ、

「やるじゃねえか」

と北斎は言った。これが私のデビュー作である。


十六歳になった私は不衛生な長屋の一室で、キセルを吹かし、酒をあおるようになっていた。版元や肉筆画の発注者が酒をどんどん差し入れしてくれるのに、意外にも北斎は酒をやらない。タバコも実はやらない。置き場がないほど溜《た》まっていくので、私が景気づけに飲んでみたら、うまかった。しかも飲めば筆がのる。私は酒の入った茶碗をそばに置きながら北斎の助手を務める日々を送っていた。

あるとき私たちの長屋に、品のよい羽織姿の男が訪ねてきた。

「こうあちこち引っ越されちゃたまらねえ。やっと見つけたよ」

相変わらず亀のように丸まって絵を描いていた北斎は視線だけ玄関に向けると、がば、と起き上がった。それで、私は単なる版元ではないな、と推測したら、

「滝沢さんか」

と北斎は言う。聞いたことがないな、と私は首をかしげると、

「ばか、曲亭馬琴だよ、隣からお茶をもらってきな」

北斎がこれほど好待遇するのも頷ける、売れっ子の読本作家である。多作の人で、『椿説弓張月《ちんせつゆみはりづき》』などのミリオンセラーの挿絵も北斎が担当していた。母がいたころ、北斎は「合宿だ」と言って馬琴の家に泊まり込んで仕事をしたことがあった。たしか三ヶ月ほどで尻を蹴られる勢いで追い出されたと記憶する。

「ほんとにあんたの父親はだらしねえ男でね、この人を置いといたら家が腐るんじゃねえかと本気で心配したんだ。あたしはこう見えても武士の出ですからね、こざっぱりとしたものが好きなんだ。ところがこいつは目の前の残飯にハエがたかっていても気にしねえで描き続ける」

と、そこまで言って馬琴は我が家の様子をキョロキョロと見まわし、ふところから手ぬぐいを出して鼻を覆い、

「まあ、相変わらずだね。お嬢さんもたいへんだろう」

と私を見るけれど、私も片膝たてて、もわあと口から煙を出したもんだから、馬琴は絶句していた。

「まあだらしなさは生来のものだとしても、この人、次第にあたしの作品を読まないで挿絵を描くようになってね」

私はさすがに笑った。

「登場するのは中年の女なのに、若い娘姿で描いたり」

北斎のやりそうなことだった。本人も腕組みをしてクツクツと笑っている。

「好きなように、自分の描きたいように描くんだよ。えらくなったもんだねえ。ここの挿絵はこんなふうに、ってあたしが下書きをざっくり描くんだけど」

「それがなかなか玄人はだしでね」

「茶々を入れねえでくれ。『占夢南柯後記《ゆめあわせなんかこうき》』のときだ、あたしは挿絵の中で悪役の男の口に草履をくわえさせるよう指示したんだ。そしたらあんたのオヤジはその下絵を見て、そんな汚ねえものをくわえさせるなんて生理的に無理、って言いやがった。もっと汚ねえ生活をしてるこの男が」

私と北斎はどっと笑った。

「それで世間はあたしが北斎を見限った、なんて言っているようだけどね、そんなことはない。この人は天才だよ。頭の中に描いた物語の迫力やら空気やらを、そのまま筆に落とせる人なんだ。なんせ、この人の描いた波や雲は、登場人物の心持ちまで映しだすんだから」

私はキセルの灰をぽんと落とすと、無言でうなづいた。それはよくわかっていた。すると私に向かって話していた馬琴が、北斎にむき直した。

「それで北斎さん、今日はひとつ頼みがあってきたんだ。今、新作を構想していてね。時代は室町将軍のころだ。宿命を背負って生まれてきた八人の若者たちが安房の里見家に集結して始まる一大活劇、『南総里見八犬伝』ってえんだ。かっこいいだろう」

「ふうん」

北斎は鼻をほじりながら聞いていた。

「どうだ、やってくれねえか、挿絵」

「だめだ、滝沢さん」

ほとんど間髪を入れずに北斎は断った。私も驚いた。

「あんたのことだ、またとんでもねえ長編だろう」

「まあ、構想は、そうだな」

「俺ももう五十を超えた。まだまだ描きてえものが山ほどあるし、弟子らに教えることもしなくちゃならねえ。もう挿絵はほどほどにしてえのさ」

馬琴はしばらく黙って、

「そうか。そうだな」

そう言って私をちらりと見た。私は飲みかけた酒の茶椀を置いた。

「いや、たしかに、あんたの才能を独り占めするのはいけねえ」

馬琴はそう言って、じゃあまた、と肩を落として出て行った。私は馬琴の一瞥が気になって、後を追いかけた。もう日が落ちかけて、馬琴の後ろ姿が長い影を引きずっている。

「あのう、挿絵、よかったら私に任せてもらっても」

馬琴の背中にそう言うと、彼は振り向いて、

「これは冒険活劇だ、女の筆では無理だろう」

私はムッとした。体が女だと、筆も女だというのか。たしかに北斎のようには描けないけれど、それは「女」が理由ではない。私は水溜の桶をがつんと蹴っ飛ばして長屋に戻り、ふとんを引っ被った。それを見ていた北斎が、

「ふん、あとで引き受けねえでよかったと思うだろうさ」

と独り言のように言った。それは正解だったかもしれない。結局、『南総里見八犬伝』は全九十八巻百六冊、二十八年もかけて書かれ、馬琴はこれで視力を失っている。


九十八巻の大作を誰が読んでいたのか。それは私たち市井の人間である。別に貧乏長屋に九十八巻を買い込んで「こち亀」のように並べていたわけではない。貸本屋で、一巻出るたびに競うように借りて読んでいたので、読破したというより、気づいたら九十八巻読んでいた、という感じである。この頃の江戸では、その辺の長屋のはな垂れ小僧でも読み書きはできた。いわゆる識字率が世界でも稀なほど高かったのである。幕府がさかんに学問を推奨したおかげで藩校やら寺子屋が充実していたためだろう。それと同時に、江戸に出版文化が花開いていった。江戸に幕府が開かれてまもなく、版木に文字や絵を彫りつけて刷る製版印刷が進歩して、大量に印刷できるようになり、それまで一冊一冊、一字一字書き写して愛蔵さ

れる書物が、店に積み上げる商品となったのだった。そうなると、それまでの文芸の中心にあった和歌や連歌、漢詩文などの高尚なものだけでは売れない。字を読めるようになった私たち市井の人間がわくわくしたり笑い転げたりするような娯楽作品をラインナップしなければならない。それが黄表紙だったり、滑稽本だったり、読本だった。どれも挿絵が必須だったから、当然、絵描きの需要は増えていく。北斎もこの出版文化の波に乗って世に出た絵師だった。それでも北斎はしょっちゅうぼやいた。

「刷り物はどうも好かねえ。版元や書き手がうるせえからな」

十九歳で勝川春章《かつかわしゅんしょう》に弟子入りした北斎はもともと肉筆の絵師で、注文に応じて一点物の作品を絹などに描き上げて納品するのが主な仕事だった。だから、いくら挿絵やら錦絵（多色刷版画）の仕事を引き受けても、肉筆の制作にはこだわり続けていた。つまり、食うためには刷り物の仕事をせざるを得なかったのである。しかも版元はしょっちゅう長屋に訪ねてきては、上がりがまちに腰をかけて、

「先生、今度の吉原の遊女の錦絵ですがね、呉服屋に頼まれた着物の柄のサンプルを持ってきましたんで、これでお願いしますよ」

とか、

「馬琴先生がこの絵は話に合わないとおっしゃるんで。私の顔をたてると思って書き直してくれませんか」

などと平気で言ってくる。とたんに北斎は機嫌が悪くなり、

「そんならテメエで描きな」

と、それを言っちゃおしまいなことを言ってみたり、私に押しつけてきた。春画の話が来たときも絶対に断るだろうな、と思ったのに、これは意外なことに、

「おう、いいぜ」

と二つ返事で引き受けた。そして花鳥風月のまじめな肉筆画を描く合間に、さあて息抜きだ、とすらすらと男女の営みを描いてニタニタしていた。そして〆切に間に合わなくなると、やっぱり私に押しつけてきた。経験のない私は、他の絵を参考にしてどうにかこうにか描いたけれど、版元は私の春画を見て、

「お栄ちゃん、あと数年したら、また頼みますわ」

そう言って絵を置いて帰ってしまった。実の娘にこんなものを描かせる北斎を恨んだが、自分に描けないものがあることに落ち込み、時間を見つけては春画の練習に励んだ。北斎はそれをのぞき込んでは、ははは、人形のまぐわいだ、と笑うのだった。

私が時間を見つけてもう一つやっていたのは、芥子《けし》人形の制作だった。小さな木彫りの人形にかわいい衣裳を着せたもので、女の子のおもちゃとして、またはひな祭りの飾りとしても人気があった。最初は千住の妹たちのために作っていたが、母が、

「あんたの芥子人形はよくできているよ。売れないものかねえ」

と言うので、私は籠一個分の芥子人形ができると、母の元に持って行き、母はそれをお祭りなどで売っては生活の足しにしていた。その日も、私は籠いっぱいに芥子人形を入れて千住に行った。母の実家はおじが継いでいて、同じ敷地内にある祖父母が暮らしていた隠居小屋に、出戻りの母と妹たちが暮らしていた。北斎は毎月私にいくばくかの現金を持たせて、この家に通わせていたのである。

「来たよ」

と家の中に入ると、八歳の猶《なお》が布団の中で横になったまま、にっこりと笑った。猶はずっと胸の病で、この頃は起き上がるのも難しくなっていた。一緒に住んでいたころは、咳が止まらないと私と母が交替でおんぶをしたものだった。するとすこし咳が収まり、うとうと眠り始めるのである。

「猶、またお人形さん持ってきたよ、好きな柄を選びな」

猶は目を輝かせ、寝たまま一つ一つ手に取って見入っている。

「あの人は相変わらずかい」

母が隣に座った。

「うん、このごろは絵手本ばかり描いてるよ」

「絵手本てどんなもんだい」

「絵描きが参考にする素材集みたいなもんで、いろんな顔、いろんなポーズ、いろんな場面をびっしり描くんだよ。ほんとにバカバカしい絵も多くて、絵師だけじゃなくって、素人もこぞって買ってるよ。『北斎漫画』のシリーズがいま一番売れている」

「そりゃよかった」

これ、と紙に包んだお金を渡すと、母は受け取って額に掲げ、決まって神棚に置いた。

「猶は、どうだろう」

「ちょっとはよくなるだろうと思ってこっちに越したけれど、よくはならないね。医者も見込みについては話さなくなった」

「そうか」

外で遊ばないから、驚くほど色の白い猶。姉妹では一番顔立ちが整っていて、ぶさいくな私が代わってあげたいと何度思ったことか。

「じゃあ、行くね」

猶の柔らかなほっぺに私のほっぺをくっつけると、猶は、また来てね、と言って手を振った。それから二週間ほどで、猶は旅立った。


「おい、あごよ。おめえ嫁に行く気はあるのかい」

北斎が絵以外の質問をするのは珍しいことだった。

「ないよ」

私は振り向きもしないで絵筆を動かしていた。猶じゃなくて私が生きている意味をずっと考えていた。私には絵しか思いつかなかった。

「そうは言ってもおめえ、もう二十四だ」

「それがどうした。私が邪魔かい」

「邪魔ってことはねえが、話が来てるのさ」

私は手を止めた。北斎は女の鬢のほつれを一本一本ていねいに描き付けていた。こんな私に縁談などあるわけがない。おそらく北斎が手を回したのだろう。一応親心があるというわけか。

相手は南沢等明《みなみざわとうめい》、本名は吉之助。橋本町の大油屋の次男で、堤派の絵師だった。彼はどうしてこの縁談を引き受けたのだろう。賭け事で負けた罰ゲームだろうか、と祝言当日まで疑い、キャンセルされることも覚悟していた。ところが予定通り橋本町の本宅で祝言は行われた。ただ、このとき吉之助が私を引き受けた理由がわかった。私にする質問のほとんどが北斎に関することばかりで、「北斎の娘」と、「北斎の婿という肩書き」がほしかったのが明らかだった。私は二世の哀しみに打ちひしがれた。それでも小さな家を借りて夫婦で住み始めたときは、人並みの幸せをつかんだのかも、と夫の背中を見ながら思ったりもした。私が長屋を出ていく際に北斎が、

「嫁に行くのはいいが、こっちの仕事はしっかりやってくれよ」

と言うので、まあ幸い夫も絵師であるし、それほど変わらない生活を送れると思っていた。少し部屋がきれいすぎて落ち着かないけれど、そのうちいい案配になっていくだろうと思っていた。ところが、

「あのう、今日の朝ごはんは」

と吉之助が私に聞いてくる。

「朝ごはん？　昨日の煮売屋の残りがあるはずだよ」

と私が布団の中で言うと、

「じゃあ、お願いしますね」

と言う。

「何を」

「え、いや、朝ご飯の支度」

そこまで言われて、私はようやく自分の母の姿を思い出した。そういえば、毎朝せっせと朝ご飯の支度をして、みんなに一通り食べさせたあと、最後に台所の片隅で一人たくわんをかじりながらご飯をかき込んでいた。その母がいなくなってから、私と北斎は朝ご飯なんぞ食べていなかった。そうか、朝ごはんね、と私はむっくり起きて、しぶしぶあれこれと用意した。すると吉之助は、洗い物は、掃除は、買い出しは、と次々言ってくる。私は筆を持っ

時間がなかった。こんな生活を一週間していたら、さすがに私はキレた。

「おさんどんばかりしていたら、仕事する時間がなくなるんだよ。自分でできるものは自分でやっておくれ。省けるものは省いてくんな」

吉之助の顔がみるみる赤くなった。怒っている。

「でもですね、妻たるものは……」

「妻の前に絵師なんだ、私は。北斎に頼まれている仕事が山ほどあるんだよ」

するとと吉之助は黙った。北斎の名前が伝家の宝刀のような効果を持ったのである。でも私は、こりゃだめだな、と思った。時間の問題だろうな、と。私と吉之助の家はどんどん荒れ、金魚鉢の金魚も死に、台所には蜘蛛の巣がかかった。家が汚れれば汚れるほど、私はいよいよ落ち着いて画業に専念できた。ちょうどオランダ商館医として日本にやってくるフィリップ・フランツ・フォン・シーボルトなる人物が江戸の風俗画を北斎に発注し、やはり私は押しつけられたのである。でも本当は嬉しかった。このところ長崎から入ってくる西洋風の絵を兄弟子たちと研究していて、目に見えたとおりの遠近、陰影を絵に落とし込むことにはまっていた。行燈に近いところは明るく、遠いところは暗い。日が当たるところは明るく、当たらないところは暗い。遠いものは小さく、近いものは大きく、下から見ると空は広く、上から見ると地面が広い。私はどちらかというと細部にこだわるフェティッシュなところがあったけれど、この頃は見たとおりに書き写すことにのめり込んでいたのである。購入者がオランダ人ならば、西洋風の描き方を試す絶好の機会だと思った。

納品スケジュールもタイトであったことから、私はまさに飲食も忘れて筆を動かし続けていた。便所も手短に済ませて戻ってきたら、吉之助も何やら筆を動かしている。ふとのぞき込んだら、あいかわらずべたべたと均等に色を塗りたくり、女の顔もみんな同じ。私は思わず、

「へったくそ」

とつぶやいた。その途端、吉之助は筆を床にたたきつけた。

「なんだと、もう一回言ってみろ」

「へえ」

私は言われたとおりに、もう一度言った。

「へったくそ」

このとき、私は初めて雨が降っていることに気づいた。それほど長い沈黙があった。

「出てけ」

低い低い声だった。

「明日の朝、出て行ってくれ」

私は久しぶりにまじまじと吉之助を見た。きれいに整った顔立ちなのに、無精ヒゲもはえて、月代もぼうぼうになっていた。私のせいだ。私なんかと夫婦にならなかったら、もっと

ちゃんとした生活が送れただろうに。私は風呂敷を広げ、荷物をまとめ始めた。何度か、これでいいのか、本当に出て行くのか私、と逡巡した。もしかして、ちゃんと妻として生きてみてもいいのではないか、と思った。こんな私を嫁にしてくれたのに、私は新しい画法に夢中で、吉之助に何もしてやれなかった。荷物をまとめる手がたびたび止まる。

でも、途中まで描いた絵を見て、私は首をふった。いや、私は絵を止められない。汚い部屋で汚い服を着て絵ばかり描いているのがリアルな私だけれど、絵の中では私は極上の美人になれたし、いい男にも愛撫されるし、怒濤の海にもぐることもできれば、ホトトギスの鳴く初夏の庭の住人にもなれる。私は絵を捨てられない。

吉之助の家を出たのは、昨夜からの雨が降り続く暗い朝だった。吉之助は、絵が濡れるといけない、と番傘を渡してくれた。私はずっと聞きたかったことが口まで出かけて、ぐっと飲み込み、膝の下くらいまで頭を下げた。指を折って数えたら、三年もお世話になっていた。

「私と結婚したのは、北斎の娘だから？」

どうしても聞けなかった言葉は、雨に流されてドブ川に消えていった。

がらりと長屋の戸を開けて入ってきた私を見て、北斎は、

「おう、出戻ったか」

風呂敷包みがすべてを物語っていたのだろう。

「おめえが人さまの嫁なんて務まるとは思ってなかったが、わりと長くもったもんだ」

北斎はガラガラと笑って、画材をささっとどけて、私のスペースを作った。私はそこに途中の絵を置き、何も言わず描きはじめた。三年前と同じ時間が、また流れ始めた。

吉之助との離縁後、私は美人画を得意とするようになった。春画の腕もだいぶ上がった。

北斎は滅多に私を褒めることはなかったが、北斎の代わりに描いた肉筆の「手踊り図」を見て、

「おめえ、腕を上げたじゃねえか。体はまだまだだけどな、顔と手の動きは、なかなかこうは描けるもんじゃねえ」

とまで言った。

「そうかい、ありがとよ」

そう言って、落款《らっかん》を書き添えた。この頃の北斎は画号を「為一」にしていたので、「東都(江戸)北斎ゐ一」と記したところを、画商の葛西さんが見て、

「そろそろお栄ちゃんの名前を出してもいいんじゃないかい」

と言った。いやいや、まだそんな、と言ったら、

「ちゃんと画号を考えておくんだよ。お栄ちゃんへの注文もがんばって受けてくるからね」

そう言ってくれた。北斎は、笑わせるぜ、と言って興味のないふりをしていたけれど、そ

の晩、こたつのなかで私の画号をあれこれ考えていた。まあここはシンプルに、と言ってすらすら紙に書いてくれたのは、

「葛飾応為」

私はもわあとタバコの煙を口から出してから、聞いた。

「なんで?」

「いつも俺がこう呼んでるじゃねえか」

そうだ、いつも私を呼ぶとき「おい」、ちょっと離れていると「おおい」。たしかにシンプル。それからは徐々に葛飾応為へのオーダーが舞い込むようになってきた。ほとんどが美人画の肉筆で、あいかわらず家は汚くて臭いけれど、私は充実していた。あるとき画商が北斎の絵を受け取りに来たとき、北斎はちょっと待ってくんな、と言って、落款に「葛飾応為」と書き込んだ。画商は慌てて、

「ちょちょちょちょっと待ってくんなとはこっちのセリフ、どうしてお栄ちゃんの名前にするんだい」

「こっちの方がこのごろじゃ高く売れるっていうじゃねえか」

と言って北斎はガラガラと笑った。

その頃、版元から北斎にある依頼があった。

「先生、今は空前の旅行ブームですよ。やはりあれです、十返捨一九先生の『東海道中膝栗

毛』がミリオンセラーですからね。あんな下ネタだらけの滑稽本を子どもたちまで回し読みして、自分たちもさあお伊勢参りに行こうってんで、東海道は渋滞ですからね。それで歌川広重先生がいま『東海道五十三次』という五十三枚のシリーズものを始めましたし、北斎先生もひとつ、旅ものをやってみませんか」

「旅は面倒だな」

「なあに、歌川先生のように都まで行く必要はありませんよ。近郊で何かありませんかねえ」

「そんなら、まあ、富士だね」

と、こういうわけで北斎の『富嶽三十六景』シリーズが始まった。このとき、私は自分の父親が天才であったことを久々に実感した。同じ富士山でも三十六枚すべて違うキャラで描かれ、構図は度肝を抜くのにどこか洗練されていて、北斎本人を見るかのようだった。

「お栄、どうだ、この波はな、この船の中にいる人間の目を通して見た波だ。おめえはこのごろ見たまんま見たまんま、ばっかし言ってるが、そのまま描いても物は物でしかねえ。波に怯える人間の心持ちにならねえと、波は生きねえのさ」

そう言いながら、「神奈川沖浪裏」の下絵をさっさと手際よく描いていく。大波が妖怪のように立ち上がり、船を木の葉のように翻弄していた。すげえ、と前のめりになった瞬間、私のキセルから灰がぽろりと落ちて、絵の中の富士の頂上が焦げた。

「ばかやろう！　富士を噴火させてどうすんだっ」

北斎は笑いながら怒鳴った。ふてえ娘だ、よりによってうまくいったもんに、とぶつくさ言いながら書き直したのが、シリーズで一番の売れ行きになった。私はタバコを止めることにした。

この『富嶽三十六景』シリーズを書き終えた北斎は七十五歳になっていて、あとがきに「九十になったら絵の奥義を究め、百になったら神の域に達するだろう」と書いていたが、ちょうど九十歳で死んだ。

浅草のいつもの貧乏長屋で虫の息になった北斎を見て、私はなんとか百まで生かそうと医者のもとに走った。これだけ絵を描いているのに金に頓着しない私たちはいつもスッカラピンで、この日も医者に渡す現金はないから、私の絵を一枚渡し、どんな高い薬を使ってもいいから生かしてくれ、と頼んだけれど、医者は、

「老衰だよ、天寿まっとう。手は施せないよ」

と言って絵は受け取らず帰っていった。北斎はそれを聞いて、

「くっそう、あと五年生きたら本物の絵師になれたんだが」

とため息をついた。私は、

「何を、もう本物じゃねえか」

と言うと、

「だからおめえはダメなんだ」

北斎は私にダメ出しして息を引き取った。北斎らしい死に方だった。

私はそれから長屋を出た。北斎の匂いのする家にはいられなかった。門人や親類の家、また小さい頃に加瀬家という武家の養子に入った弟、崎十郎の本郷の家などに身を寄せて、私は描き続けた。時には商家や旗本の娘などに絵を教えて生活の糧にすることもあった。一人、武家の娘で筋のいい子がいた。キクちゃんという娘で、構図にセンスがあった。

「キクちゃんなら絵で食べていけるよ。精進したらいい」

と常々言っていたら、あるときお稽古を辞めるという。

「父上が、嫁に行くのにそこまで熱心にやっては変わり者に思われる、って」

私はアイターと額を抑えた。私みたいになるな、と言われたようなものだった。ところがキクちゃんの父親の主家が不始末を起こしてお家断絶となり、キクちゃんの父親も浪人となって一家離散の憂き目に遭ったという。そしてまもなく、キクちゃんが吉原の中見世に出ているという噂が耳に入った。私はこのときほど後悔したことはない。彼女の腕を認めたとき、どうして無理にでも私の門人にして絵師の道を歩ませなかったのか。

私は吉原のすぐ近くに住んでいたのに、一度も訪ねたことがなかった。数枚の絵を風呂敷に包んで背中に背負って、初めて日本堤を歩いてお歯黒ドブを越え、大門をくぐった。私みたいな貧乏絵師が身請けのお金など払えるわけもないが、なんとか楼主と話し合うことはできないかと無謀なことを考えていたのである。

夜の吉原は明るかった。遊女が居並ぶ「張り見世」の中には行燈が惜しみなく置かれ、女たちの白い肌や着物の柄をなまめかしく浮き立たせている。髪に挿された無数のかんざしが妖しく光を反射して、女たちは夜光虫のように見えた。一方、頰被りの男たちが持って歩く行燈の光も蛍のように闇に動いて、ぽう、ぽう、とあちこちを照らしている。三味線の音、小唄、笑い声。錦絵で見た、のっぺりとした吉原はここにない。きれいなだけの遊女もいない。それぞれの想い、私の想いが、ここに濃密な陰影を描いていた。私は柳の根元にどかりと座ってスケッチを始めた。私の悪いくせで、キクちゃんのことも、時間も忘れて、ひたすら描き続けた。やがて引け四つの鐘がなり、すべての灯りが消え、自分の手元が見えなくなってようやく私は大門が閉まることに気づいた。慌てて吉原を飛び出すと、家に帰って大急ぎで色を付けた。あの、あの陰影が頭から消えないうちに。そして描いた三つの提灯にそれぞれ「應」「為」「榮」と書き入れて、私は筆を置いた。キクちゃんは救えなかったけれど、私はこの「吉原格子先之図」で「影」を手に入れた。

安政の大地震を機に、私はほとんど崎十郎の本郷宅に居つくようになった。しかしどうしても崎十郎の嫁とは反りが合わない。「家にオッサンが一人住み着いているようなもんだ」と孫にぼやいているのが聞こえてくる。いや、私に聞かせているのだろう。私もズカズカと彼女のところに行って、

「お気の毒さまだね。あんたは私の弟に食わせてもらって生きてきたんだろう。私は筆一本あれば着る物も食べる物も不自由しないんだ。私はいつだって自由なんだ」

そう言ったあと、私は自分のセリフに気づかされた。そうか、私は自由だ。わずかな安心がほしくて窮屈な暮らしをしていた私のバカ。不安に揺れながら、その揺れを映してくれる風景がこの世のどこかにあるはず。一箇所にいれば、筆は固まる。北斎もきっと、汚いだけで引っ越しをしたわけではなかったのかもしれない。新しい風景、見えなかった角度、誰も気づかない横顔。それを探していた。九十の北斎ですら見つけられなかったものがあるなら、私はまだまだ探す場所がある。五十五歳、私は重い画材をよいしょと背負って、快晴の江戸を飛び出した。

# おわりに

日本に生きた女性たちの人生を自分の言葉で描きたい、と思ったことからこの作品は生まれました。史料がまったくない人は当時の遺跡や発掘物、先人の研究成果から想像を膨らませ、史料がちょっとある人は、ちょっとの史料を手がかりに周辺の史実とからめて想像を膨らませ、史料がたっぷりある人は、伝えたいところだけを選び、そこからやはり想像を膨らませました。ですので、土台となる部分は史実や研究成果に基づいていますが、人物のキャラクター、台詞は、こんなことを言いそう、言って欲しい、そんな思いで、一人一人を愛おしく思いながら描きました。

主人公たちはみんな、現代の言葉で話しています。歴史小説弁（筆者命名）をなるべく使わないようにしたのは、古い（古そうな）言葉で書けば、女性たちのパワーがすこし目減りするように思われたからです。どの女性たちも、今の価値観では想像もできないような、時代の圧力を受けながら生きていました。一夫多妻はあたりまえ、政略結婚はあたりまえ、貧しかったら身売りするのがあたりまえ、人生なんてこんなもの、とは決して思っていなかったはずです。くやしいし、悲しいし、憎たらしいし、中宮定子ほどの身分の人でも舌打ちくらいはしたと思うのです。嬉しいことがあったときも、ほんとうはガッツポーズをしたいし、宮中の柱でポールダンスもしたくなるだろうし、雨の中で歌いながら踊り出したくなるときもあったと思います。歴史小説弁では、そのあふれる感情から「気」が抜けてしまうような気がしました。

女性の読者の方は、どうぞご自身を十一人目の主人公にしてください。もちろん男性の方もぜひ。「日出処のわたし」の中で、厩戸皇子は言っています。

「無理だと思うことも、まだ話の途中だと思えば先に進めます」

最後に、この本を出版するにあたって多くご尽力いただきました株式会社ウェッジの海野雅彦さん、株式会社ジェイアール東海エージェンシーの富永太郎さんに心から感謝申し上げます。支えてくれた友人、家族には濃厚な投げキッスを送らせていただきます。

二〇一八年九月

佐々木和歌子

# 人物紹介と解説

## 縄文のシャーマン（P5）

縄文中期に、東北地方にある海と山に囲まれた大きなムラの、キノモトという集落に生まれたという設定。名前のチカはアイヌ語の鳥（cikap）から。幼いときにムラのシャーマン「カミさま」に見込まれ、その道へ。ちなみに夫のイメルと娘のノンノは、それぞれアイヌ語の稲光（imeru）と花（nonno）から。

◆**編布**　植物の繊維による編み物で、横糸に縦糸2本を編み込む。縄文時代から布や衣服に利用された。◆**土器**　土を焼き固めて作る器で、煮炊き、祭祀に用いられた。日本では約1万5000年前に現れ、稲作が始まる約2400年前までに作られた土器を縄文土器と総称し、この時代を縄文時代という。

「国宝・合掌土偶」是川縄文館蔵

## 台与（P27）

『魏志倭人伝』によると、邪馬台国の女王卑弥呼の死後、その宗女である台与が13歳で跡を継いだという。彼女の支配下の邪馬台国は安定したが、台与が晋に朝貢を遣わして以降、日本は中国の史書から姿を消すため、日本史に150年の空白ができる。

◆**公孫氏**　後漢時代に遼東地方を支配した豪族。魏の時代には半独立した政権となり、卑弥呼と通交した。◆**帯方郡**　公孫氏が朝鮮半島の楽浪郡（らくろうぐん）も支配し、その南側を分割して「帯方郡」とした。

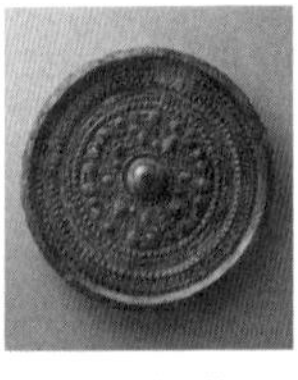

「三角縁獣帯四神四獣鏡（30号鏡）」奈良県立橿原考古学研究所蔵

## 推古天皇（P51）

554~628年。父は欽明天皇、母は蘇我稲目の娘、堅塩媛。夫は異母兄の敏達天皇。厩戸皇子の妃である菟道貝蛸皇女（うじのかいたこのひめみこ）、竹田皇子をはじめ二男五女を生んだ。東アジア初の女性天皇。御陵は大阪府南河内郡太子町の磯長山田陵。

◆**海石榴市**　上ツ道、山辺道（やまのべのみち）、横大路が交差する要衝地にあった市。大和川上流の奈良県桜井市金屋のあたりが比定され、仏教伝来の地とも言われる。推古天皇は大和川を遡上してきた隋使・裴世清をここで迎えたと『日本書紀』にある。

## 笠郎女（P77）

生没年未詳。その名前から笠氏が出自と思われ、同時代の歌人、笠朝臣金村または笠朝臣麻呂（沙弥満誓・さみまんせい）の娘とも。『万葉集』に載せられた29首はすべて大伴家持に送られたもの。歌の内容から、家持との破局後は故郷に帰ったとも推測される。

---

◆**一切経**　漢訳された仏教聖典の総称。大蔵経、三蔵とも。◆**恭仁京**　京都府相楽（そうらく）郡加茂町。７４１～７４３年。◆**難波京**　大阪市中央区。７４４～７４５年。◆**紫香楽宮**　滋賀県甲賀市。７４２年以降、聖武天皇が離宮を造営。

## 清少納言（P103）

９６６～１０２５年ごろ？　歌人、清原元輔の娘。女房名の清少納言は、清原氏の「清」だが、少納言の由来は不明。随筆『枕草子』は平安文学を代表する作品となった。鎌倉時代の『古事談』によると、老いた清少納言は「鬼形之法師」となっていたと伝える。

---

◆**鳥辺野**　京都市東山区にあった一地域で、平安時代以降、葬送地として知られる。皇族としては異例の土葬であった定子の「鳥戸野陵」は今熊野泉山町（いまぐまのせんざんちょう）に伝わる。◆**月輪**　清少納言が晩年に住んだ場所と言われ、鳥戸野陵に近い泉涌寺（せんにゅうじ）のあたりとも、愛宕山の中腹の月の輪町とも言われる。後者は夫の棟世の「月の輪山荘」があったため有力。

## 建礼門院右京大夫（P127）

生没年未詳。平資盛や藤原隆信との贈答歌も載せられた家集『建礼門院右京大夫集』で知られる。勅撰集は藤原定家撰の『新勅撰和歌集』が初出。

---

◆**福原京**　平清盛が貿易の拠点である大輪田泊に近い福原（兵庫県神戸市中央区から兵庫区北部）に遷都したが、わずか半年で還都。◆**寂光院**　京都市左京区にある天台宗の尼寺で、寺伝によれば聖徳太子の建立。慶長年間（１５９６～１６１５）建立の本堂と鎌倉時代の本尊が２０００年の放火で焼失し、再建されている。建礼門院徳子の御陵のほか、阿波内侍（あわのないし）、建礼門院右京大夫ら女房たちの墓も伝わる。

## 森女（P151）

生没年未詳。禅僧・一休宗純が晩年に同棲した女性として知られ、漢詩集『狂雲集』14首に詠まれる。一休死後の消息は知られないが、一休の十三回忌、三十三回忌の記録に比丘尼となった「森侍者」の名が見られる。

---

◆**白拍子**　男装の女性が流行歌である「今様」を歌う芸で、平安末から鎌倉期に流行した。演者もこの名で呼ばれ、『平家物語』の

祇王祇女のほか、源義経の愛人・静御前なども知られる。

高台院おね（Ｐ177）

生年未詳、１６２４年没。父は尾張の杉原助左衛門定利、母は朝日。母の妹、七曲と浅野又右衛門長勝夫妻の養女として育つ。木下藤吉郎（のちの豊臣秀吉）との結婚は14歳とも20歳とも言われ名前もおね、ねね、ねい、など諸説ある。京都の高台寺の霊屋に遺骸が祀られる。

**◆おあむ物語**　江戸時代前期に書かれた、石田三成の家臣・山田去暦の娘の戦乱体験記。「おあむ」とは「お庵」という尼僧への敬称で、本名は不明。**◆おきく物語**　備前の池田藩の医師・田中意得の祖母きくの大坂夏の陣体験記。

遊女勝山（Ｐ205）

生没年未詳。武州八王子の生まれで、武士の父との確執から家を出て、１６４６年に丹前風呂の風呂屋で湯女として働きはじめ、１６５３年に焼失前の吉原（元吉原）に移って太夫として名を馳せたという（『色道大鏡』）。明暦の大火は１６５７年。

**◆葺屋町**　江戸町奉行所によって歌舞伎興行が許された芝居小屋である江戸三座の一つ、村山座（のちに市村座）があったところ。現在の日本橋人形町３丁目あたり。元吉原もこの葺屋町にあった。

豊国「丹前風呂勝山(古今名婦伝)」国立国会図書館デジタルコレクションより

葛飾応為（Ｐ231）

生没年未詳。葛飾北斎（１７６０～１８４９）の三女、お栄。応為の筆と認められる絵は現存するものでは10点を超えないが、北斎の作品に多く関わったと考えられる。一説には加賀の金沢で67歳で没したという。

葛飾応為「吉原格子先之図」太田記念美術館蔵

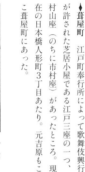

# 主要参考文献

＊この作品はフィクションですが史実に基づく部分もあるため、執筆にあたって多くの文献を参考にさせていただきました。その中で主要な文献を提示します。


・『タネをまく縄文人　最新科学が覆す農耕の起源』小畑弘己　吉川弘文館
・『青森縄文王国』新潮社編
・『縄文人からの伝言』岡村道雄　集英社
・『月と蛇と縄文人』大島直行　寿郎社
・『卑弥呼と台与　倭国の女王たち』仁藤敦史　山川出版社
・『纏向発見と邪馬台国の全貌　卑弥呼と三角縁神獣鏡』古代史シンポジウム「発見・検証　日本の古代」編集委員会　KADOKAWA
・『私の日本古代史　上　天皇とは何ものか　縄文から倭の五王まで』上田正昭　新潮社
・『日本書紀』一、二　小島憲之・西宮一民・毛利正守・直木孝次郎・蔵中進校注・訳　新編日本古典文学全集　小学館
・『女性天皇』瀧浪貞子　集英社
・『女帝の古代日本』吉村武彦　岩波書店
・『万葉集ハンドブック』多田一臣編　三省堂
・『万葉集全解』多田一臣訳注　筑摩書房
・『大伴家持　波乱にみちた万葉歌人の生涯』藤井一二　中央公論新社
・『光明皇后　人物叢書』林陸朗　吉川弘文館
・『平城京に暮らす　天平びとの泣き笑い』馬場基　吉川弘文館
・『枕草子をどうぞ　定子後宮への招待』藤本宗利　新典社
・『源氏物語の時代　一条天皇と后たちのものがたり』山本淳子　朝日新聞社
・『枕草子』松尾聡・永井和子校注・訳　新編日本古典文学全集　小学館
・『建礼門院右京大夫集　とはずがたり』久保田淳校注・訳　新編日本古典文学全集　小学館
・『一休　日本人のこころの言葉』西村惠信　創元社
・『狂雲集』一休宗純著　柳田聖山訳　中央公論新社
・『鋼の女　最後の瞽女・小林ハル』下重暁子　集英社
・『閑吟集　宗安小歌集』北川忠彦校注　新潮日本古典集成
・『北政所と淀殿　豊臣家を守ろうとした妻たち』小和田哲男　吉川弘文館
・『北政所おね　大坂の事は、ことの葉もなし』田端泰子　ミネルヴァ書房
・『戦国日本と大航海時代　秀吉・家康・政宗の外交戦略』平川新　中央公論新社
・『雑兵物語　おあむ物語　附　おきく物語』中村通夫・湯沢幸吉郎校訂　岩波書店
・『日本売春史　遊行女婦からソープランドまで』小谷野敦　新潮社
・『江戸の色町　遊女と吉原の歴史　江戸文化から見た吉原と遊女の生活』安藤優一郎監修　カンゼン
・『北斎娘　応為栄女集』久保田一洋編著　藝華書院

佐々木和歌子（ささき・わかこ）

青森県生まれ。東京大学大学院人文社会系研究科修士課程修了。専門分野は日本語日本文学。（株）ジェイアール東海エージェンシーにて歴史文化講座の企画運営に携わりながら、古典文学の世界を、やさしくわかりやすく解き明かす著作を重ねる。著書に『やさしい古典案内』（角川学芸出版）『やさしい信仰史――神と仏の古典文学』（山川出版社）など。『古典名作本の雑誌』（本の雑誌社）では中古文学・中世文学を担当。



日本史《にほんし》10人《にん》の女《おんな》たち

二〇一八年九月二十日　第一刷発行

著　者　佐々木和歌子
発行者　江尻 良
発行所　株式会社ウェッジ
〒一〇一－〇〇五二
東京都千代田区神田小川町一－三－一
NBF小川町ビルディング三階
電　話　〇三－五二八〇－〇五二八
FAX　〇三－五二一七－二六六一
振　替　〇〇一六〇－二－四一〇六三六
http://www.wedge.co.jp/

印刷・製本所　図書印刷株式会社




ISBN 978-4-86310-209-5